ブックレット《アジアを学ぼう》55

朴泰遠を読む

「植民地で生きること」と朝鮮の近代経験

相川拓也

風響社

表紙：ソウル清渓川（撮影 Zequn Gui）

裏表紙：朴泰遠肖像（ソウル歴史博物館）

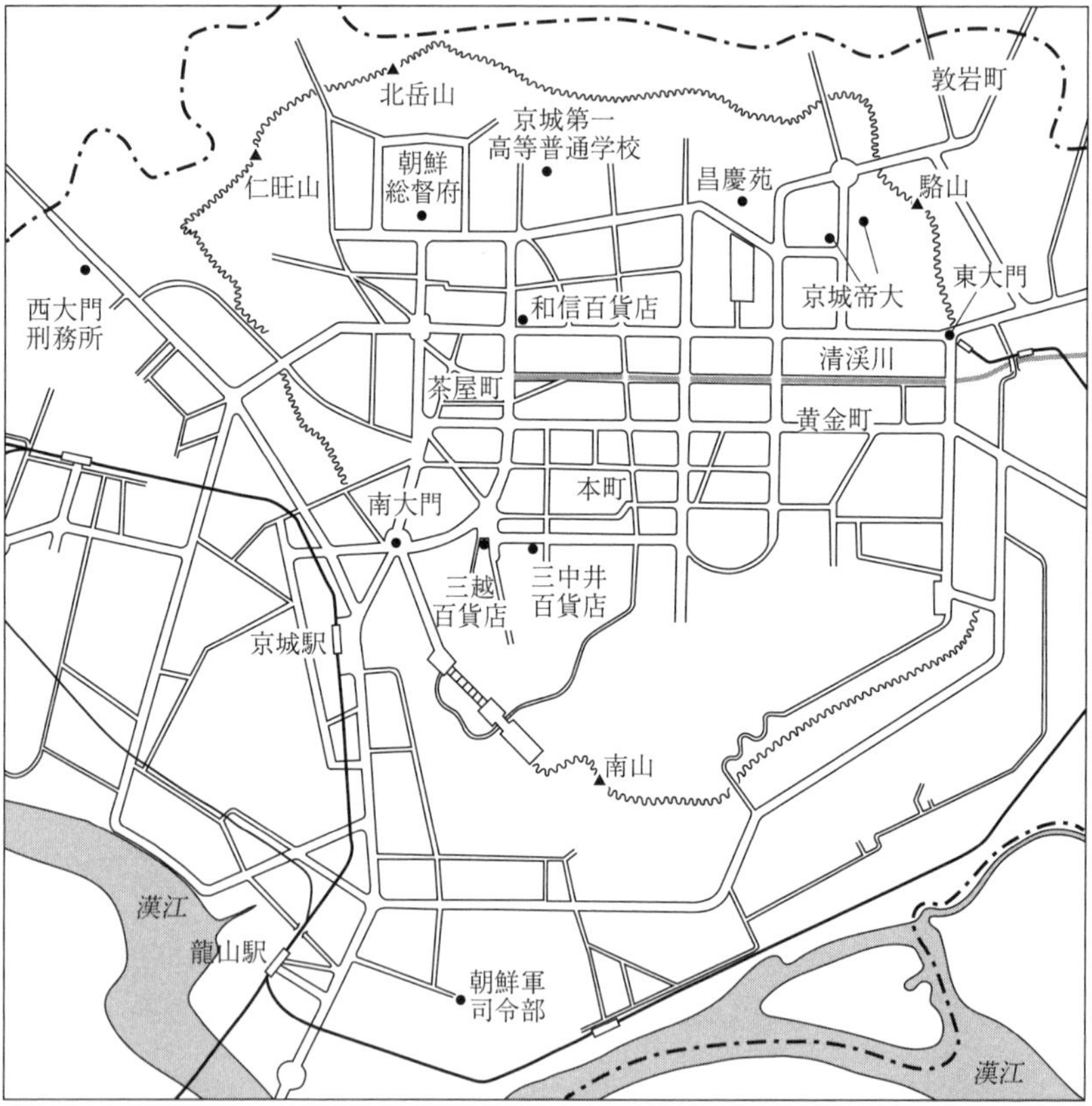

図1　京城案内図。『京城案内』（至誠堂、1943 年）および『大京城府大觀』（서울역사박물관 조사연구과、2015 年）をもとに作成

朴泰遠を読む——「植民地で生きること」と朝鮮の近代経験

相川拓也

はじめに

朴泰遠《パクテウォン》（一九一〇―一九八六）という小説家がいた（写真1）。代表作の「小説家仇甫《クボ》氏の一日」（一九三四年）や『川辺の風景』（一九三八年）は日本語にも翻訳されており、韓国・朝鮮の文学に関心のある読書家にとっては、もしかすると耳に覚えのある名前かもしれない。日本の植民地となって「京城《けいじょう》」と呼ばれるようになった現在のソウル都心で生まれ育ち、漢学、朝鮮王朝時代のハングル書き小説、さらに当時最先端のモダニズム文学を貪欲に吸収し、庶民の哀感を味わい深く描いた作家。韓国や日本での朴泰遠のイメージを簡潔にまとめるならば、このようになるだろうか。

　わたしが朴泰遠の作品にはじめて触れたのも、これらの日本語訳を通じてであった。小説の舞台となった一九三〇年代のソウルの様子が、当時としてはさぞ斬新だったに違いない、実験精神にあふれる文体で活写されていた。大学に入ったばかりで、いわゆる戦間期のアヴァンギャルド芸術にぼんやりとした関心をいだいていたわたしにとって、自分が専攻する朝鮮語でもそうした文学が書かれていたという事実は励みになるものだった。もっと

写真1　朴泰遠肖像。（ソウル歴史博物館所蔵）

も、語学力のじゅうぶんでなかった学部時代には、朴泰遠の書いた朝鮮語原文の機微や味わいは、日本語訳の向こう側に想像するほかないものだった。

朴泰遠はまた、朝鮮が日本の植民地支配から解放され、南北に分断されてから、主に北朝鮮（朝鮮民主主義人民共和国）で活動し、歴史大河小説の大家として名声を得た作家でもあった。北朝鮮文学や、解放後に北へ渡った作家の研究がまだ韓国でタブーだった時代、戦後日本で日本語訳された朴泰遠作品のひとつが、中国東北で抗日パルチザン闘争を展開した若山《ヤクサン》・金元鳳《キムウォンボン》を扱った『若山と義烈団』（一九四七年）だった。こうした事実からうかがえるように、朴泰遠は、朝鮮と日本がたどった二〇世紀の歴史を身をもって生きた作家だったと言える。

この小著では、朴泰遠の起伏に富む生涯の全容を紹介する余裕はないため、わたしの当初よりの関心であり目下の研究テーマでもある、一九三〇年代の京城を描いた小説を主題とする。なかでも主たる分析対象とするのは、「小説家仇甫氏の一日」と「路地の奥」（一九三九年）の二作品である。この二作品は、小説文体のうえで意欲的な試みがなされているとともに、それぞれの時代的特徴——一九三〇年代前半にすでに爛熟しつつあった京城のモダン文化と、日中戦争勃発（一九三七年）を契機にした戦時体制化——をよくとらえ、集大成している。こうした点で、この二作品は、小説家としての朴泰遠の代表作として取り上げるに値する。

二〇世紀の朝鮮半島では、複数の支配勢力や政治体制が角逐し共存した。とりわけ、日本および西洋列強との接触により、「近代」と呼ばれる時代を迎えてから、朝鮮の社会は大きく変容した。青年・壮年期の朴泰遠が活動したのは、こうした変革の時代だった。

朝鮮で日刊新聞ができ、雑誌社ができ、新しい形式による詩や小説が登場し、映画が作られるなど、様々な文化制度が近代的変容を遂げるなか、朝鮮語そのものも、また大きく変化した。読者のなかには、植民地時代の朝鮮では朝鮮語の使用が禁止され、日本語を使うことが強制されたという認識を持つ人が、あるいは多いかもしれない。たしかに、学校、職場、買い物、役所での諸々の手続き、また一九三七年から朝鮮人男性の入隊が制度化された軍隊や、戦時下でことあるごとに朗唱することが求められた「皇国臣民の誓詞」など、日常のなかで日本語が使えなければ不利益をこうむる局面は、時代が進むにつれて増していった。韓国で解放後第一世代に位置づけられる、戦中育ちの作家たちのなかには、文学言語としての朝鮮語をみずからのうちに見出だせない失語症的徴候を見せた者たちもいた。こうした点から、植民地時代に朝鮮語が「抹殺」されつつあったという認識は、事実の一面をとらえている。しかし、朝鮮の人々の生活の言語としての朝鮮語は、口語としても文語としても命脈を保ちつづけたし、日本の支配者たちも、「旧慣調査」として朝鮮語―日本語辞典を編纂し、日本人の警察官や官僚たちが統治のために朝鮮語を学んでいた。朴泰遠もまた、「玉音放送」の前日である一九四五年八月一四日まで、当時唯一の朝鮮語日刊紙『毎日新報』(植民地統治を担った朝鮮総督府の御用新聞)に「元寇」という歴史小説を連載していた。

もちろん、そのときの「朝鮮語」とは、植民地化以前の姿そのままのものではなかった。一九世紀末の近代化政策のなかで、それまでの文語だった漢文を離れ、近代国家にふさわしい新しい朝鮮語文体が模索されたことは、明治期の日本語がたどった歩みとよく似た面がある。また、小説や詩の文体の実験、洗練化は、一九二〇～一九三〇年代に朝鮮語学会などの団体が主導した朝鮮語規範化運動や、朝鮮語による出版事業の活性化と軌を一にして進んだ。ただし、それが当時の朝鮮社会の支配言語だった日本語の強い影響下で進行したことは、朝鮮語の近代化に微妙な陰翳を与えてもいる。朝鮮語近代小説を確立したと評される作家の金東仁《キムドンイン》(一九〇〇―一九五一)は、「文壇三十年史」（一九四八―一九四九年）という文章のなかで、最初の作品をまず日本語で構想してから朝鮮語に翻訳し、新しい表現を編み出す苦労とともに書いたと公言している［金東仁 一九七六：一九―二〇］。現代の教科書的な韓国語が日本語とそっくりな文法構造を持っていることは、そうした歴史の堆積の結果とも言えるかもしれない。重要なのは、完全に「抹殺」されたわけではないが、「国語」としての地位も与えられることがなかったという、近代の朝鮮語の微妙な立ち位置を踏まえたうえで、日本による植民地支配という固有の歴史的条件のなかで変化した朝鮮語そのものへの感受性を高めていくことだろう。

こうした、言語のうえでも大きな変化の途上にあった時代に、朴泰遠は、「文章を鑑賞する芸術」としての小説を追求した作家でありつづけた。確立されつつあった標準的な綴りや語形から時にあえて逸脱し、漢字や日本語語彙を注意深く取り入れるなどの技巧を凝らした朴泰遠の文章は、当時可能だった最大限の実験精神にあふれている。そして、その実験の向こう側に、植民地社会を生きた人々の生活感覚や人生観が、文章をじっくりと鑑賞することを通じて浮かび上がってくるのである。

わたしが朴泰遠の朝鮮語原文にじっくりと向き合い、その斬新さや作家のこだわりのようなものを感じ取れるようになったのは、大学院に進んで、その時代についての自分なりの像をつかめるかどうか、という時期からだった。復刻された当時の雑誌誌面に並んだ古い活字を通じて、朴泰遠の文章は実に明晰かつ流麗に、小説の世界を再現して見せてくれる。この小説の世界が、自分の生きる世界の現実とつながったものであるという確信は、わたしが留学のためソウルに住むようになってから生まれた。顔なじみになった食堂の老夫婦の話し声には、朴泰遠が文字に写しとった古いソウル方言の痕跡を聴き取ることができた。朴泰遠の生きた一九三〇年代と、わたしが留学した二〇一〇年代の都市の姿はまったくの別物となっていたはずだが、ソウル都心のあちこちに残る近代建築や王宮、通りの露店や市場、そしてそれらをつなぐ大小の道路は、そこを行き交った当時の人々の姿を彷彿とさせるものだった。

韓国への留学経験は、植民地時代の朝鮮を研究することの意味についても考えなおすきっかけになった。かつては、韓国の歴史研究においてさえ植民地時代とは暗く痛ましいものであり、日本の帝国主義に対する抵抗の歴史でなければならない、という認識が強かったのは事実である。だが、そうした歴史認識それじたいが、韓国ではすでに歴史上のものになっている。日本でも公開された『密偵』（キム・ジウン監督、二〇一六年）や『お嬢さん』（パク・チャヌク監督、二〇一六年）、『金子文子と朴烈《バクヨル》』（イ・ジュンイク監督、二〇一七年）など、二〇一〇年代に入って、植民地時代を舞台にした一級品の娯楽映画がヒットしたことからもうかがえるように、韓国の人々は、植民地時代を「自分たちの過去」として多角的にとらえ、受け止めなおしているように見える。

歴史の新たなとらえなおしの地盤と言える大学や学会などの研究の場では、一九九〇年代後半から始まった植民地時代についての再認識作業が、二〇年あまりを経てひと段落しつつある。そこでの真摯かつ豊穣な議論は、「自分たちの過去」をどのように認識し、その学びから、世界の文化に対し、いかなる知見をもたらすことができるかという、人文学的な態度に裏打ちされたものだった。韓国に留学した二〇一五年三月から二〇一七年三月までの二年間は、わたしにとって、そうした場に客人として同席した経験であったと今では感じている。朝鮮の植民地時代は、その支配が日本によるものだったという意味できわめて重要な日本の歴史でもあるが、わたしはその歴史を日本の側に過剰に引きつけることもせず、また「日本人」という立場で必要以上の論評や評価を下すこともせず、広い意味での異文化理解に臨む態度で記述していきたいと考えている。

日本語で書かれる本書で、植民地期の朝鮮語で書かれた小説について語ることには、おそらく困難がともなう。だが、本書ではできるかぎり精密に、小説の言葉の持つ意味を時に深く掘り下げながら、小説をとおして見えてくる植民地での生の経験を読み解き、朴泰遠作品のおもしろさを読者に追体験してもらうことを目指す。まず第一節では、朴泰遠が生きた植民地期朝鮮について、小説世界の導入として概説する。第二節では、「小説家仇甫氏の一日」を読みながら、京城の街を歩きまわる作家の分身「仇甫」の脳内をそのまま覗き見るような文体に着目しつつ、植民地で生きる「小説家」という存在について考える。第三節では、「路地の奥」で物語られる一家の主「令鑑《ヨンガム》」の半生を軸として、「植民地で生きること」という本書の中心的な主題に迫ってみたい。仇甫も令鑑も、朴泰遠の生みだした魅力的なキャラクターであるとともに、読者を導く良き案内人になってくれるはずである。

なお、本書ではここまで用いてきたとおり、「京城」や「内地」など大日本帝国の植民地支配を背景とした用語や、「朝鮮人」など日本の植民地主義により日本語のなかで差別的な意味が付加されるようになった用語を使用する。これらは、当時の時代的文脈を踏まえた歴史的用語として用いるものであり、それ以外の意図はない。本来、歴史的用語としてカギ括弧を付して使用するのが適当と考えられるが、煩瑣《はんさ》を避けるため、強調や引用の場合を除いてカギ括弧は省略する。また、引用文中で、現在では不適切とされる観点からの記述が含まれる場合があるが、それらも当時の世界観を反映したものとしてそのまま引用することをお断わりしておく。

一　朴泰遠の生きた植民地期朝鮮

1　植民地都市・京城

一九一〇年一月一七日（陰暦では一九〇九年一二月七日）に生まれた朴泰遠にとって、日本による韓国併合（一九一〇年八月二九日）後の世界が、実質的にみずからが体験として知る世界ということになる。朴泰遠は、ソウルの薬種商家の次男として生まれた。生家の住所は「京城府茶屋町七番地」で、現在のソウル特別市中《チュン》区《グ》茶洞《タドン》にあたる。生家跡には何も残っていないが、地下鉄一号線・鐘閣《チョンガク》駅から南、東西に流れる清渓川《チョンゲチョン》にかかる広橋《クアンギョ》のたもとで、韓国観光公社のビルが建っているあたりと推定される。現在の大都市ソウルの中心のひとつであるとともに、当時から人通りの多い、商売に適した立地だったと想像できる。

朴泰遠は幼いころから祖父に漢文を教わり、ハングルで書かれた古小説に親しんだ。普通学校（日本の小学校にあたる）を経て京城第一高等普通学校（日本の旧制中学校にあたる）に進んだころには、『開闢《かいびゃく》』などの朝鮮語雑誌や、日本語の文学書を読みふける日々を送るようになる。一九二〇年に創刊された『開闢』は、時事問題から詩、小説などの文芸までを幅広く取り上げた、朝鮮人の手による最初の朝鮮語総合雑誌だった（写真2）。一九二七年に当局により廃刊処分となるまで、とりわけ朝鮮語による近代文学の礎となる作家・作品を輩出したという点で、文学史上の意義が大きい雑誌である。朴泰遠の少年時代は、日本文学や日本語訳された西洋文学に加えて、『開闢』誌上でくり広げられた朝鮮語による近代文学確立のための試行錯誤とともにあったと言える。

朝鮮王朝の王都ソウルは城壁都市だった。植民地期の都市開発により、城門・城壁の一部は破壊されたが、北岳《プガク》山《サン》と南山《ナムサン》に南北を囲まれ、東を駱山《ナクサン》と東大門、西を仁旺山《イヌアンサン》と西大門にはさまれたいわゆる「城内」は、植民地期を通じてソウルに暮らす朝鮮人にとって重要な生活空間であった。朴泰遠の生家が位置していた清渓川は、その城内のほぼ中央を東西に流れていた。現在では、清渓川の周りは遊歩道として整備されてソウルの観光名所のひとつとなっているが（一九六一～二〇〇五年までは埋め立てられており、上空を高架道路が走っていた）、植民地期には生活用水の供給場所であり、社交場でもあった。そうした様子は、朴泰遠の代表作

写真2 『開闢』第13号（1921年7月）の表紙。虎は朝鮮を象徴する動物とされる。上部の題字は右横書きで「開闢」、虎の足元には、ハングルをアルファベットふうに崩して左横書きで「ㄱㅏㅣㅂㅕㄱ（開闢）」とデザインされている。（提供：財団法人玄潭文庫）

『川辺の風景』で生き生きと描き出されている。

ソウルの植民地都市化は、日清戦争（一八九四―一八九五年）後の日本人居留民の増加と、日露戦争初期の日本軍によるソウル進駐（一九〇四年二月）が大きな要因となった。それ以前に、朝鮮は日本とのあいだの不平等条約である日朝修好条規（江華島条約、一八七六年）を皮切りに、列強各国と条約を結んで開国し、それからほどなくして、日本人居留民はソウル城内での居住が許されるようになっていた。日清戦争での日本の勝利による清国商人勢力の縮小とともに、日本人居留民はその規模を拡大し、清渓川の南、南大門周辺から南山北麓にかけて日本人街を形成した。また、日露戦争時の日本の韓国駐箚《ちゅうさつ》軍は南山のさらに南方、漢江《ハンガン》北岸の龍山《ヨンサン》に広大な軍用地を確保し、その一帯を中心に日本の軍人のほか、官吏、教師、商人などの民間人移住も進んだ。この過程で、ソウル―龍山間の道路網や龍山を中心とした鉄道網も築かれている［김백영 二〇〇九：二七二―三〇九］。日露戦争の結果、韓国支配の拠点として設置された統監府（一九一〇年からは朝鮮総督府）も、当初は南山北麓に庁舎を置いた。その後の朝鮮総督府は、一九二六年、朝鮮王朝の王宮だった景福宮《キョンボククン》敷地内に新築された巨大な石造庁舎に移転している。

このように京城は、朝鮮王朝の王都だった時代から続く城壁都市の歴史とともに生活していた朝鮮人と、日清・日露両戦争をきっかけに新たに流入した日本人とが、清渓川一帯を挟んで隣り合うように居住する都市へと変貌していった。そのような日本人のひとりに、朴泰遠より一歳年長で、小学校高学年から中学時代を京城で過ごした小説家の中島敦がいる。中島敦が、自身の少年時代の体験をもとに書いた「プウルの傍で」（未完成稿）や「虎狩」では、青春の痛々しさとともに、日本人側から見た当時の京城の姿がしばしに描かれており興味深い。作家本人を思わせる小説の主人公にとって、朝鮮の人々は、言葉の壁のためにたびたび意思疎通すらできなくなる不可思議な他者として存在する。当時の京城にいた多くの日本人にとって、時として下女や小間使いなどとして生活の奥深いところで関係を持ってはいても、朝鮮人は文字どおり近くて遠い存在だったと想像される。朝鮮人にとっても、日本人

は社会生活を営むうえで日常的に付き合う相手だったはずだが、朴泰遠のものを含めて、当時の朝鮮文学に日本人の姿は不自然と言えるほどに登場しない。それは、朝鮮人作家が暗黙のうちに共有していた抑圧から来る、表現の空白地帯だったと推論できるが〔이혜령 二〇一二〕、朝鮮人にとってもまた、日本人は植民地期のほとんどの期間にわたって、顔の見えない相手でありつづけたということでもあるだろう。

支配する側の日本人と、支配される側の朝鮮人という、とうてい対等とは言いがたい二つの集団が、隣り合いながらも微妙な距離を取りつつ、ぎこちなく雑居する二重都市。とりわけ朝鮮人のあいだで、清渓川より北の朝鮮人街を「北村《ブクチョン》」、南の日本人街を「南村《ナムチョン》」と呼ぶことが広まっていたのも、この二重性が地理的感覚として意識されていたことを物語る。日本人と朝鮮人の結婚（いわゆる内鮮結婚）が一定数あったこと、立身出世や経済的利得のため日本人社会で成功しようとした朝鮮人や、朝鮮人社会に受け入れられた日本人がいたことなどは事実としてある。だが、朴泰遠が生まれ育った植民地都市・京城の根本的な性格を素描してみるならば、「日常化したぎこちなさ」をまず第一の特徴として挙げることができるだろう。

２　京城のモダン文化と植民地期朝鮮文学

朴泰遠は京城第一高等普通学校を卒業し、一九二九年、東京の法政大学予科に進学する。朴泰遠の東京での体験は、本書で取り上げる「小説家仇甫氏の一日」にも反映されているが、より直接的に東京を背景とした作品に「半年間」（一九三三年、未完）がある。朝鮮から東京へ渡った青年たちの群像を描いた小説の舞台として、第一次世界大戦（一九一四―一九一九年）後の一時的な好況と、関東大震災（一九二三年）からの復興に支えられた、東京という都市の享楽が点描される。

東京をはじめとする日本内地の諸都市で花開いた、大正・昭和初期のいわゆる「モダン文化」は京城にも伝播し、

一九二〇年代後半には劇場、映画館、三中井《みなかい》や三越など内地資本による百貨店、カフェー、バーなどが京城の大通りに立ち並ぶようになる。これは、内地から京城への資本の流入によって起こったものであり、日本人街である南村、とりわけ本町《ほんまち》（現・忠武路《チュンムロ》）がその中心となっていた（写真3）。京城南村が「消費文化の中心地にして文明帝国の「スペクタクルの空間」である本町へとその性格が転換するなか、南村と北村をわける民族的境界はしだいに開発と疎外をわける資本主義的境界へと変化した」〔김백영 二〇〇九：五〇二〕のである。「大京城はどこへゆく――破壊と建設の交響楽」と題された『東亜日報』一九二九年一〇月一七日の社説は、この「境界」がもたらす都市の不均衡発展について次のように訴える。

かつての城跡には十字街道が敷かれ、矮小な藁葺き家のあいだには近代的花崗岩の大建築がそびえ立っている。白衣〔伝統衣服を着た朝鮮人を連想させる〕のなかに黒衣〔洋服のスーツを着た人々を連想させる〕が混じり、人力車の群れのなかに電車、自動車が疾走する。〔…中略…〕

京城には学術の最高機関として京城〔帝国〕大学があり、有数の図書館が多い。しかし巷には自分の姓名はおろか文字とはなにかも知らない無学文盲の徒がおり、大銀行と大会社と大邸宅がある反面、飯も粥もろくに食えない無数の野宿者の群れがいるではないか。演劇場、博物館、公園がどれほど人に娯楽的満足を与えるだろう。その場外および園内に数多くの無頼漢が発見されるではないか。年また年と膨張する大京城の行進曲は、このあらゆる「コントラスト」の先鋭化にともなう、窒息しそうな合奏曲であることを思わされるばかりだ。

社説の筆者は、こうした「コントラスト」、すなわち格差を、「消費者、被雇人および被治者としての朝鮮人と販売者、雇主、治者としての日本人の民族的差別問題」として鋭く指摘する。朝鮮総督府による土地・農業政策により没落した農民たちが京城に流入して過剰都市化が進み、朝鮮人貧困層を形成した［橋谷　二〇〇四：五一―六五］という背景をも、この社説は言外にほのめかしているように見える。京城で形成されたモダン文化は、本町を中心として消費の快楽や遊興の楽しさを、海を越えてやってくる魅惑的な商品や豪奢なイルミネーションなどによって、視覚に訴えるスペクタクルとして現前させた。日本人のみならず、北村から南村にやってくる朝鮮人も、それらに魅了され、時にはそれらを楽しんだ。しかし、南村で享受できる「モダン」な体験が魅力的であればあるほど、北村で暮らす現実との落差から来る絶望は、深まっていっただろうと考えられる［申明直　二〇〇五］。植民地都市での「近代」の経験とは、こうした重層性を帯びたものであったことを、ここでは押さえておきたい（写真4）。

朴泰遠は、東京で当時最先端の文化や芸術に触れながら、一九三一年に法政大学を中退して京城へ戻る。東京で

写真3　南村の繁華街・本町1丁目の入口。朝鮮服、和服、洋服を着た人々が入り交じって歩いている。撮影時期は1930年代と思われるが、不明。（ソウル歴史博物館所蔵）

写真4　大通り（光化門通り）のつき当たりに位置する大理石の建物が朝鮮総督府庁舎。その裏に、景福宮の正殿である勤政殿が残されている。市街地では、低層の朝鮮家屋と近代建築の対比がよく見える。『日本地理風俗大系』（新光社、1930年）所収。（ソウル歴史博物館所蔵）

の体験をもとにした「三日空き腹、春の月」（一九三三年）や「かわいそうな人々」（一九三四年）といった短篇での真に迫るひもじさの表現から推測するに、相当の苦学も強いられたものと想像できる。朴泰遠は東京留学中から『朝鮮日報』に小説「寂滅」（一九三〇年）を連載するなど、小説家としてのキャリアを本格的に開始していたが、京城に戻ってからの朴泰遠は、新進の小説家としてより旺盛な創作活動を展開していく。

朴泰遠が京城に戻った時期の朝鮮文学は、潮流の変わり目と言える状況だった。一九一九年に起こった三・一独立運動は、それまでの日本による朝鮮支配に対する全国的な抗議運動であったという点で、日本の支配者たちに衝撃を与えた。朝鮮総督府はこれを受けて「文化政治」と呼ばれる政策転換を実施し、その結果、総督を陸海軍大将から任命する規定の削除（実際には、朝鮮総督に文官が任命されることはなかった）、憲兵警察制から普通警察制への転換、朝鮮人を主体とする集会、結社、出版活動の部分的な容認などがなされた。朝鮮の近代文学が本格的に開花したのは、これ以後のことである。先にもふれた『開闢』などの総合誌のほか、同人活動により数多くの文芸誌が刊行され、小説や詩を中心に、西欧や日本の近代文学を参照しながら、朝鮮社会の現実に根ざした多様な傾向の文学が模索された。

いっぽう、一九二〇年代は朝鮮での社会主義運動のごく短い全盛期でもあった。階級間の矛盾や労働問題、小作争議などの主題を扱うプロレタリア文学も、この運動の一環として展開した。一九二五年には朝鮮プロレタリア芸術同盟（エスペラント名 Korea Artista Proleta Federacio の頭文字からＫＡＰＦ《カップ》と呼ばれる）が結成され、時代を代表する文学者・芸術家団体のひとつとなるが、その活動は当局から不穏視された。カップやその周辺で活動した作家たちの作品は、検閲による原稿の差し押さえや字句の削除、発行禁止処分をたびたび受けたほか、メンバーに対する二度の大規模検挙事件により、しだいに活動は停滞し、一九三五年にカップは解散に至った。一九三〇年ごろまでに、カップに

関わった作家たちによる文学的成果は豊かに蓄積されていたが、その活動は行き詰まりつつあったのである。背景には、朝鮮人の書いた出版物に対しておこなわれた徹底した事前検閲の高度化による表現の可能性の縮小という問題もあった。とりわけ一九二〇年代後半から一九三〇年代前半にかけて、制度的に形作られた朝鮮語出版市場の閉鎖性は、朝鮮人作家たちの文章に有形無形の影響を与えたものと考えられる［韓基亨　二〇一四、한기형　二〇一九］。

こうしたなか、文学の芸術性を重視する新進の作家や詩人たちが登場しはじめる。朴泰遠も、この流れに乗って登場した作家のひとりである。一九三三年には「純粋文学」を標榜するグループ「九人会」が結成され、朴泰遠もそのメンバーのひとりとして、文壇での存在感を強めていくことになる。このあと詳しく見るように、朴泰遠は斬新な文体や形式の実験を試み、小説を構成する言語そのものの芸術性を追求することで、新たな文学の表現方法を模索した。それは、高度化した検閲や活動への弾圧によるカップの停滞・解散に象徴される、既存の文学の行き詰まり、文学の言葉によって正面から社会の現実と向き合うことが不可能になっていくという危機意識に対する、ひとつの回答であったと見なすことができる［Hanscom　2013: 31-36］。

朴泰遠は、京城という都市で生きる人々の生活を題材に、数多くの小説を創作した。なかでも朴泰遠がこだわったテーマのひとつが、モダン文化の申し子ともいえるカフェーの女給たちである。カフェーとは、西洋風に装飾した派手な店内で、ジャズをBGMにして、飲食を給仕する着飾った女性たち（女給）が男性来客の相手をするという、現代でいう風俗店の一種である。東京など日本内地の都市で始まったカフェーの流行は、一九三〇年代の京城を代表するモダン文化のひとつとなった。京城のカフェーは、演出された西洋的な雰囲気のなかで、「大衆が近代的な感覚を楽しむことができる最先端の文化空間であり、社交空間」であるとともに、「女給の身体とセクシャリティを商品化しており、それを消費し享有しようとする男性の欲望を産業化した空間」［徐智瑛　二〇一六：一七六］でもあるという、複合的な意味を持っていた。

朝鮮でのカフェーの女給は、経済的に困窮した若い女性の行きつく職業という面があったが、それはまた、電話交換手、事務員、デパート店員、バスの案内員などと同様、女性に課された儒教的規範を離れ、家の外である街へと出た新しい時代の女性、「モダンガール」のひとつのありかたでもあった。だが、その仕事についてまわる「売春」というイメージにより、女給たちは他のモダンガールに対して以上に、社会からの好奇と蔑視の視線にさらされることとなった［徐智瑛　二〇一六：一八二―一八五］。朴泰遠の小説には、客としてカフェーを訪れる男性の視点から女給を描いたものに加え、女給として働き家族を養う女性が登場するものもある。女給として家計を支える姉と、姉の稼ぎで女学校に通う妹のあいだの葛藤を、二人それぞれの主観に寄り添った語りが入れ替わり展開する緊張感のある文体で描いた「聖誕祭」（一九三七年）は、女給という職業に従事することの意味を、当事者の生活の側に立った物語として表現してみせた点で、注目に値する。この物語の設定は、本書で取り扱う「路地の奥」にも生かされている。

次節からは、小説を具体的に読み進めていきながら、植民地都市・京城の小説家として、朴泰遠が人々のどのような経験を切り取り、なにを表現しようとしたのか、探ってみることにしたい。

二　小説家の誕生――「小説家仇甫氏の一日」を読む

1　朴泰遠の小説と言語表現

朴泰遠の初期作には、作家本人を思わせるインテリ男性を登場させる小説が数多く見られる。ここで取り上げる「小説家仇甫《クボ》氏の一日」（一九三四年）は、そうした一連の初期作の集大成といえる作品である。定職にもつかず、結婚相手も見つからないことを母から心配されている主人公の仇甫は、小説の素材集めのために京城の街へ出かけていく。仇甫は百貨店や喫茶店、京城駅など人の集まる場所をめぐりながら、そこで見かけた人々について記録し、論評していく。百貨店でエレベーターを待つ子連れの夫婦にはやや皮肉めいた視線を送り、恋人を連れた昔の級友には軽い嫉妬を覚え、偶然、街で会った友人との話は上の空で、かつて東京に留学していたころの失恋体験を思い出す。自分の憂鬱を再確認させるような一日の終わりに、仇甫は別の友人と連れ立ってカフェーへ夜遊びへ出かける。カフェー店内を観察しながら、仇甫は接客してくれた若い女給をデートに誘うが、あっけなく断られる。その夜、友人と別れ際に、明日からはきちんと小説を書くことを仇甫は宣言する。

このようなあらすじからなる「小説家仇甫氏の一日」は、過去には小説の制作過程そのものを小説化した作品として、プロレタリア作家らの「リアリズム」的傾向に対して「モダニズム」を具現したものとして位置付けられてきた〔김윤식　一九八九〕。その後、歴史研究の進展にともない、そうした「リアリズム」対「モダニズム」という図式的な対立構図には批判が加えられるようになり、朝鮮の植民地近代が生んだ特有の表現様式による小説として、朴泰遠作品の再解釈が進められた〔천정환　二〇〇五〕。

それでは、朴泰遠の小説表現に見られる独自性は、どのような点にあるのだろうのか。その手がかりを与えてくれるのが、「小説家仇甫氏の一日」と同年の朴泰遠による創作論「創作余録——表現・描写・技巧」（一九三四年）である。朴泰遠はそのなかで、小説を読むこととは「文章の鑑賞」であるとし、言葉の適切な選択により生まれる「暗示」の効果を重要視する。その例としてあげられるのが、英語のice creamから生まれた二つの朝鮮語表現「아이스크림（アイスクリーム）」と「아이쓰꾸리（アイスックリ）」である。朴泰遠は、「アイスクリーム」は「喫茶店のテーブルの上」にあるものを連想させ、「アイスックリ」は「夏の日、大通りの上に、銅銭一枚持って集まる子どもたち」を連想させると述べ、言葉の「音響」の微妙な違いを利用することで、似通っていても異なる雰囲気やイメージを呼び起こすことができると主張する。日本語の「アイスクリーム」と「アイスクリン」がそれぞれ異なるニュ

アンスやイメージを呼び起こすことを想起してもいいかもしれない。

朴泰遠によれば、小説家は言葉のこうした「音響」の違いや「それぞれの字体、字形がわれわれの視覚に与える、けっして軽く見ることのできない影響」に注意し、そこからさらに進んで、「その選択された語句をどうやって効果的に配列し、もっとも含蓄ある文章を成しうるか」を考えなければならない。これは、文字にされた言葉の見た目や、その文字から読み取られる言葉の発音が、その言葉が使われている社会の現実と深く結びついており、言葉の形や音から醸し出される「含蓄」によって、社会の現実へと読者の連想を導いていくことができる、という主張へと読み替えることができるだろう。このような問題意識から書かれた朴泰遠の小説はまさしく、フィクションではありながらも、やはり言葉によって構築され認識される小説外の世界や、過去に生み出された様々な種類の言葉と深く結びついた言葉の織物《テクスト》であると言える。それを読むために、読者もまた、文字として具現化された言葉のありようひとつひとつに自覚的である必要がある。日本語への翻訳を通じてではあるが、本書でも部分的に朝鮮語原文そのものについて説明を加えながら、朴泰遠独自の表現の深みに迫っていきたい。

さて、「小説家仇甫氏の一日」は、主人公の仇甫を焦点人物とする三人称小説である。仇甫は小説のほぼ全体にわたって、読者が入り込む小説世界の中心に位置するが、地の文を通じて、仇甫自身の姿や考えが所々で客観的に描かれもする。仇甫の主観による脳内の声と、地の文で書かれる客観描写とが組み合わされ、「小説家である自分」＝仇甫の姿が読者の前にあらわれるという仕掛けが、「小説家仇甫氏の一日」のテクストには施されているのである。

小説全体は全部で三〇の節に分けられている。節にはそれぞれ標題が付けられており、標題じたいが文章の一部として、その後の本文へ直接続いていくという珍しい形式になっている。以下、小説本文の引用は初出『朝鮮中央日報』連載版からの拙訳により、その連載回数を付記して示すことにする。

母は

息子が自分の部屋を出て、縁側の下に置かれた革靴を履き、柱の釘にかかった短杖を手に取り、そして門へ向かって出て行く音を聞いた。

「どっか、いくのかい」

返事は聞こえなかった。

〔……中略……〕

母はどこかで働き口を得る考えもなく、昼夜となく、本を読んだり文章を書いたり、あるいはあてもなく夜中までぶらぶら出歩く息子が、見ていて哀れで、またもどかしかった。

「それでも、嫁をもらえば気が変わるだろ」

「嫁がかわいけりゃ、自然と、稼ごうって気にもなろうさ」

去年の夏に息子はとある「娘」に会ったことがあった。あの子なら、あれもいやとは言うまい、帰って来たらしっかり確かめてみよう……そして母はいつの間にか、孫を目の前に描いてみさえする。（第一回）

息子は

しかし、帰ってきて、母がなにか言い出す前に、まだ寝てなかったんですか、早く寝てください、そして寝間着に着替えてから机の前に座り、原稿用紙を開く。

そういうとき、横からなにか話しかけでもすると、息子はいつも不快な表情をした。それは母の心をうずかせる。そうだね、母は、やっとのことで、遅いから早く寝なさい、それは明日にして………一言いって息子

の部屋を出る。（第二回）

仇甫は

家を出て川辺の道を広橋《クァンギョ》に向かって歩いて行き、母にたった一言「ええ」と返事できなかったのを悔いてみる。もっとも中門を開け閉めしながら仇甫は「ええ」の声を喉元まで出してみたのであるが、中門と奥の居間との距離は相当な大声を要求し、そして巧妙にも、開け放たれた大門の前をちょうど三人の女学生が笑ったり騒いだりしながら通り過ぎた。

それであっても、返事はやはりしなければならなかったと、仇甫は母の寂しがる時の表情を目の前に描いてみる。少女たちはいつの間にか彼の視野から消えた。（第三回）

こうした形式により、小説冒頭のいくつかの節は、「小説家仇甫氏の一日」の三人称小説という特徴を読者に意識させるはたらきをしていると考えられる。とりわけ目を引くのは、ここで「～は」と訳した「는／은」という言葉の機能である。この言葉は、特定の語句を別の語句と対照させながら、その文の主題とする機能を持つことが、植民地期の朝鮮語文法研究のなかですでに述べられている。言語学者である洪起文《ホンギムン》（一九〇三―一九九二）は、一九二七年の「朝鮮文典要領」という論考のなかで、「手は白い」という言葉は「手」が主語（主題）となる文だが、「手が白い」とは異なり、「顔は黒い」や「体は黒い」という意味を言外に含んでいると分析している〔金敏洙・河東鎬・高永根　一九八六：一八二〕。引用した「小説家仇甫氏の一日」での三つの節でも、それぞれ「母」、「息子」、「仇甫」を主題とした叙述が続いていることが確認できる。「母は」の節では、「息子」が部屋を出て外へ出かける「音」を「聞いた」など、「母」の経験や記憶に即して、「母」の感覚や思考の流れが言葉になって連ねられている。「息子は」

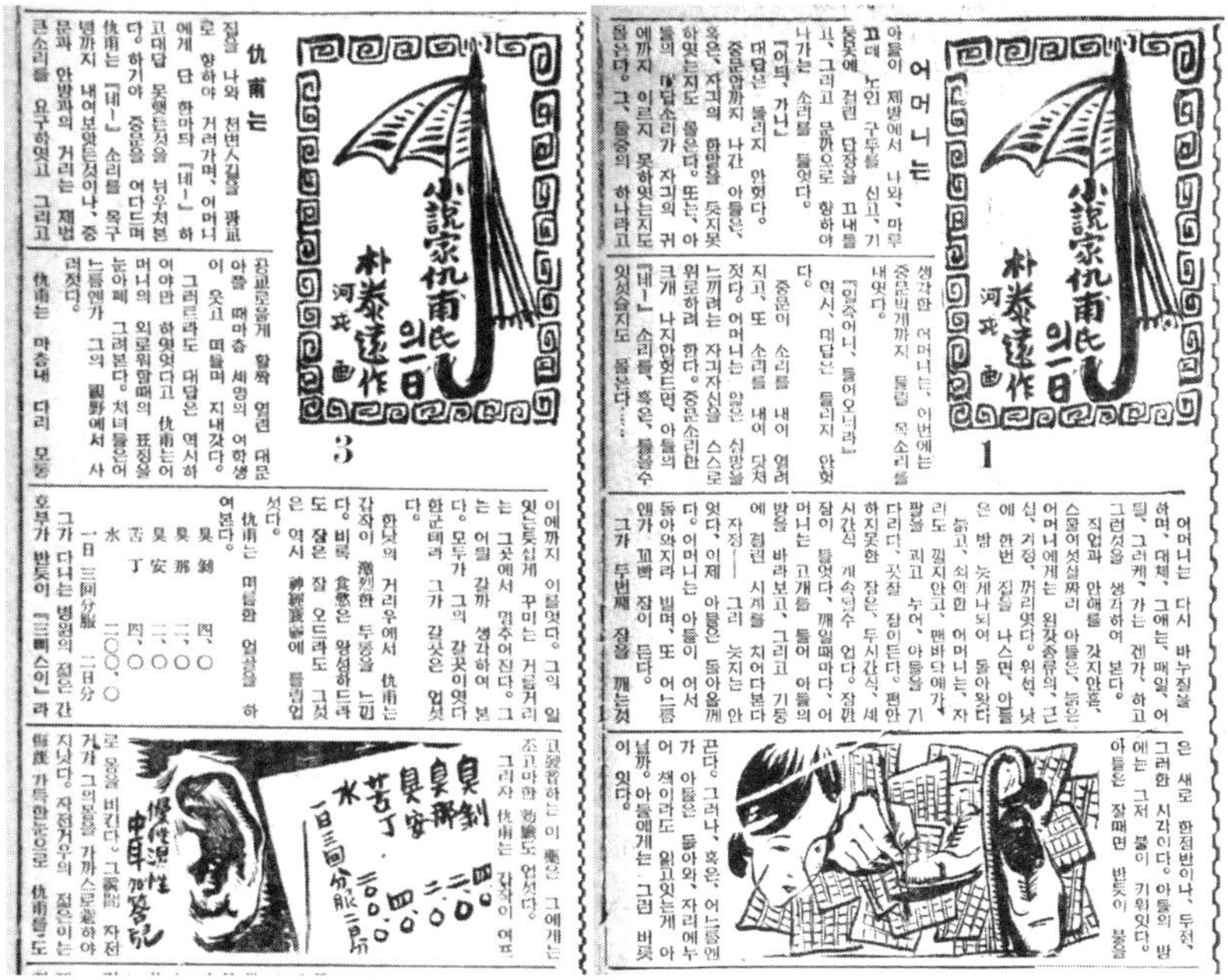

写真5「小説家仇甫氏の一日」連載第1回（1934年8月1日、右）と第3回（同8月3日、左）。第3回の見出しに見える「仇甫」が、小説本文に登場する最初の漢字である。（韓国国立中央図書館所蔵）

の節では、「母」との関係性のなかにある「息子」について、「母」の思いとは対照的な「息子」の反応について書き出されている。だが、次の「仇甫は」の節では、家から街へ出ていくという移動にともなって、「母」の「息子」としてではない、「仇甫」という固有名を持った人物が、小説の主人公として前面にあらわれてくる。「〜は」という助詞の機能により、それまでの叙述が前提にしていた母子関係じたいが、「仇甫は」以降の叙述とは対照的なものとして区別されることになるのである。

　読者は小説を読み進めながら、「仇甫は」にさしかかったところで小説の焦点が変わったことに気がつくだろう。実はこの焦点の転換は、朝鮮語原文の表記方法とも連動している。「母」に寄り添った叙述が続く新聞連載第一回と第二回の本文は、すべてがハングルのみで書かれているのに対し、「仇甫」が登場する第三回以降は、「仇甫」の名前そのものをはじめとして、漢字混じりのハングル文が使用されるようになるのである。「母」と「息子」という関係を離れ、京城の街へ出ていった「仇甫」の感覚や思考は、知識人の文字としての漢字を利用しなければ文字に書くことができないということが、こうした表記方法の変化から読み取れる（写真5）。「仇甫」という人物に関する言外の情報（先の朴泰遠の言葉でいう「含蓄」）が、漢字の「字形」や多数の漢字が混じった文章全体の外観を通じて示されていると考えられる。

2　仇甫と「幸福」

さてそれでは、京城の街を歩きまわる仇甫の考えや関心はどんなところにあるだろうか。ここで注目したいのは、小説中に頻出する「幸福」というキーワードである。仇甫にとって「幸福」は、女性を相手とする異性関係を通じて意識され、見出されるものとされている。一年前に母の紹介で一度だけ会った女性を電車で偶然見かけたものの、まともに挨拶もできなかったことを悔いる次の一節は、節標題が示すように、まさに「幸福」を主題にしている。

幸福は

彼がそれほどまでに求めてやまなかった幸福は、その女とともに永久に去ってしまったのかもしれない。女は自分に投げかける幸福を胸に抱き、仇甫が心の門を開いて近寄ってきてくれるのを渇望していたかもしれない。なぜ自分は女に、もう少し大胆になれなかったのか。仇甫は女が持っているあらゆる美しい点を一つ一つ数えてみて、あるいはこの女以外に自分に幸福を約束してくれる者はいないのではないか、とそう思った。（第七回）

仇甫が異性である「女」に対して、男性として「大胆になれなかった」こと。このことが、この時点での仇甫にとって、「幸福」の欠如として意識されていることがわかる。この「幸福」の欠如は、異性関係をめぐって発現する仇甫の男性ジェンダー的な満たされなさと言えそうである。「美しい点」を多く持っているはずの「女」に対して、「大胆にな」ることで、男である自分のもとに「幸福」が訪れるはずだ。仇甫を苦しめているのはこうした思い込みだと言える。

仇甫はまた、街で見かける他の男性に対してきわめて侮蔑的な視線を投げかけてもいる。喫茶店に入ってきた「若い軍人」のグループに対しては、「近代的で高雅な感情を知らんとあざ笑」（第九回）う店内の空気を代弁（もちろん心の中で）し、京城駅の待合室で見かけた人々を、その外見的特徴から特定の病気に結びつけ、自分より成績の悪かったかつての同級生の社会的成功を卑下する。京城の街をぶらつくなかで、文化的・知的水準から見て自分より下だと認識しうる男性に対する、きわめて侮蔑的で差別的な仇甫の言葉が、小説の地の文として言語化されていくのである。

いっぽう、こうした仇甫の攻撃性は、自分より強い権力や「幸福」を手にしたと認識される男性には向かっていないことが、小説のなかで容赦なく描かれてもいる。仇甫は、「キャップをかぶり、リンネルのツメエリ服を着た男の、そのあらゆる人に疑惑を持つ両目」（第一二回）、すなわち警察官の視線に萎縮して、街歩きの記録のために持ち歩いている大学ノートを閉じてしまう。ここで「ツメエリ」とカタカナ書きにして訳した部分は、朝鮮語原文でも、日本語をハングル表記した「즈메에리」という表現になっている。ここであえて日本語が使われているのは、この「ツメエリ」を着た人物が朝鮮という植民地で支配者の側にいる者であることを象徴するだろう。朝鮮人である仇甫は、支配者男性に対して、被植民者という劣位に置かれた男性である、ということによる緊張感が、この細かな行動の描写からは読み取れる。また、別の喫茶店で見かけた男女のカップルに対して、仇甫が「淡い嫉妬と、また羨望を

感じなければならなかった」（第一九回）とする叙述は、先にも見た「幸福」にまつわる仇甫の男性としての満たされなさ、自信のなさを明らかにしてしまっている。

仇甫はこのように、「幸福」をめぐるコンプレックスを抱く、きわめて不安定な精神状態にある男性として描かれている。連載第三回で、仇甫が自分を「神経衰弱」だと思い込みたがり、医学辞典を調べて「慢性湿性の中耳カタル」を患っていると信じ込むくだりは、そうした不安定さに対する辛辣なパロディと言えそうである。小説の中盤では、仇甫のこのようなこじらせ方が、東京留学時代の失恋の記憶と結びついていることが明らかにされていく。「東京にでも――」（第九回）という「洋行」にまつわる仇甫の一瞬の空想が、小説の地の文に漏らさず書き記されていることから分かるとおり、仇甫の意識は、東京での思い出にとらわれたものとして提示される。「やはり狭いソウルだった。東京なら、こういうとき仇甫はまず銀座にでも行くだろう」（第二一回）と、東京への執着は、仇甫が現在暮らしている京城（ソウル）との対比によって鮮やかに浮かび上がる。その一例が、友人と夕食のソルロンタン（牛骨・牛肉を煮込んだスープ）を食べながら、仇甫が東京で出会った女性との思い出にふける次のような一節である。

女は聡明だった。彼らが武蔵野館（東京・新宿にある映画館）の前で自動車を降りたとき、しかし仇甫は少しのあいだ、そこに突っ立っているしかなかった。それは、あとから降りる女を待つためではない。彼の前に外国婦人がにっこり笑って立っていたからだ。仇甫の英語教師は男女を順々に見て、新たに意味深長な笑みを浮かべ、今日の幸福を祈るわ、と言って去っていった。それにはあるいは、三十独身女の若い男女に対する当てこすりがあったのかもしれない。仇甫は少年のように額と小鼻に無数の汗の滴を感じた。それで仇甫はズボンのポケットからハンカチを出して、それを拭き取らなければならなかった。夏の夕に食べた一杯のソルロンタンは、それほどに熱かった。（第二〇回）

ここに登場する「女」は、忘れ物のノートを拾ったことをきっかけに親しくなった、やはり東京留学に来ている朝鮮人の女学生である。仇甫は京城の食堂でソルロンタンを食べながら、新宿へ二人で遊びに行ったときのことを思い出している。偶然、「英語教師」に二人でいるところを見られた仇甫は、戸惑いとバツの悪さから冷や汗をかく。この冷や汗が、映画のオーバーラップ技法のように、夏の京城でソルロンタンを食べて流す汗に重なり、「現在と過去の交渉、現実と幻想の交錯」（朴泰遠「創作余録——表現・描写・技巧」一九三四年一二月三一日）が表現される。

東京に現在もある新宿武蔵野館は、関東大震災（一九二三年）後に大きく発展した新宿を代表する映画館だった。いっぽうのソルロンタンは、ソウル名物として名高い料理である。精肉業を営み、「白丁《ペクチョン》」と呼ばれ賤民とされていた人々が、一九世紀末、朝鮮王朝末期の身分制解体によりソウル中心地に進出して食堂を開き、手軽な食事として庶民に親しまれるようになったのが、ソルロンタンのはじまりである［주영하 二〇一三：八一―八二］。このように、書き割りや小道具をも効果的に配置しながら、現在の京城と過去の東京とを重ねあわせ、行き来する文体を駆使することで、現在の仇甫が、京城にいながらも、東京で過ごした日々の思い出にとらわれていることが、小説中盤で叙述されていく。

そのなかで、「心から女を愛していながらも、自分はけっして女を幸せにしてやれないだろう」（第一二回）という思い、「不全感」（同）が、異性に対して「大胆」になれないという仇甫の現在の「幸福」感の欠如と結びつくトラウマであることが、徐々に明らかになってくる。東京での仇甫の悲恋の回想は、雨の公園で、相手に自分の思いを最後まで告白できなかったことまでを振り返り、次のような現在の仇甫の言葉とともに幕を閉じる。「ああ、考えるのをやめよう。仇甫は意識して頭を振り、そして少し急ぎ足で来た道をまた歩いて行った。それでも、心の痛みはそのままであり、うなだれて歩く道の上、足にぶつかる小石が回想の無数の破片である。頭を上げてもう一度揺さぶり、仇甫は、本当に、考えるのをやめよう、やめよう……」（第二三回）。「考えるのをやめよう」としても、失恋の思い出は「足にぶつかる小石」として回帰してくる。東京で負った「心の痛みはそのまま」であり、京城の街を歩く仇甫の姿勢や足取りにつきまといつづける。

3 「小説家」の誕生

小説の終盤、仇甫は友人と落ち合って夜のカフェーを訪れる。仇甫は女給に向かって、酒の飲めない友人のことを「飲酒不堪症」という精神病だ、などと言ってふざけていたが、ふと、「あらゆる人々をみな精神病者として観察したい強烈な衝動を感じ」（第二七回）て、「意想奔逸症。言語倒錯症。誇大妄想症。醜猥言語症。女子淫乱症。支離滅裂症。嫉妬妄想症。男子淫乱症。病的奇行症。病的虚言欺騙症。病的不徳症。病的浪費症。……」（第二七回）などと、様々な「病名」を思い浮かべてみる（じつはこれらの「病名」の多くは、小説中でも言及される一九三〇年の春秋社版『現代医学大辞典』に掲載されている）。それから、人の癖や振る舞いにもっともらしい「病名」をつける遊びに興じる仇甫に対し、一人の女給がたずねる。

じゃあ、世の中でセイシン病者じゃないのは先生お一人なんですね。仇甫は笑い、なに、ぼくも………ぼくは、ぼくの病気は、

「多弁症というやつだよ」

「なんですか。タベンショウ……」

ああ、多弁症。意味もなく無駄口が多いのもみんな精神病だよ。

「それがタベンショウなんですねえ」

別の二人の女も、口のなかで「タベンショウ」とつぶやいてみた。仇甫は内ポケットから万年筆を取り出して、ノートに書き留める。作家にとって観察は何に対しても必要であり、創作の準備はたとえカフェーの中であってもせねばならない。（第二八回）

朝鮮語の原文では、引用文中の「セイシン病者」は「정신病者」、「多弁症」は「多辯症」、「タベンショウ」は「다변증」と書き分けられている。つまり、仇甫の声による発話では、口からでまかせの病名である「多弁症」が漢字表記され、女給の声を写し取った部分では、漢字語の「精神」や「多弁症」がその音に対応するハングル「정신」、「다변증」で表記されている。「彼ら（仇甫と友人）の対話の大部分を、勿論、女たちは聞き取れなかった」（第二九回）と叙述されているが、これは、仇甫と友人が乱発する漢字語の「病名」が、女給たちにとっては、漢字の形を伴わない、馴染みのない音としてのみ認識されているためであると考えられる。漢字とハングルの書き分けは、漢字に対する知識、すなわち、言葉の音から適切な漢字を連想し結びつける能力を持っている者と、持っていない者とのあいだの断絶を表現している。「タベンショウ」という聞き覚えのない、実際のところ深い意味のない言葉を「口のなかで」くりかえす女給の姿を「観察」し、「ノートに書き留める」仇甫は、ここで知識を持つ者として、女給たちに対して優位に立つことができている。その姿からは、一種の特権意識すらにじませているさまがうかがえる。

ところが、仇甫はその同じ店内で、思いがけない記憶を想起する。

ユキチャン――。見えない隅から酔声が聞こえてきた。仇甫は窓の外の闇をながめ、ふと一人の女の人を目の前に描いてみた。それは「ユキ」――雪が彼に与えた考えだったのかもしれない（「ユキチャン」、「ユキ」は原文でも日本語音のままハングル表記されている）。広橋《クァンギョ》の角のカフェーの前で、ちょうど通りかかった彼を小さな声で呼んだ女の人は、明らかに素服〔喪服として着る白い韓服〕を着ていた。ちょっとおたずねいたします。女性はほとんど聞こえるか聞こえないかの声で言い、歩みを止める仇甫を横目に感じたとき、彼女はすぐに顔をそらし、ようやっと手を出してカフェーを指さし、それから、

「この店で募集しているというのは何ですか」

カフェーの窓の横に貼ってある紙に、女給大募集。ジョキュウ　ダイボシュウ〔原文は漢字ハングル併記で「女給大募集。녀급대모집」〕、二行に分けて書いてあった。仇甫はあらためて彼女を見て、心に痛みを感じた。貧寒ではあったかもしれない。しかし、彼女は自分の仕事を探して街に出ずともよかっただろう。しかし不幸は思いがけず訪れ、彼女はまだ癒えぬ悲しみを胸に抱いたまま街へ出なければならなかったのだろう。彼女にはほとんど成人しかかった息子がいるかもしれない。あるいはそれが息子ではなく娘だったために、かわいそうなこの女性は自分自身で口に糊する方法を見つけなければならなかったのだろう。その乙女時代に、彼女はずいぶん大事に可愛がられて育ったのかもしれない。彼女の血の気のない顔には気品と、またほとんど威厳すら備わっていた。仇甫が言葉を慎んで、女給というものを註釈するとき、しかし、その明らかに四十を超えただろう女の人は、彼の言葉を最後まで聞かずに、嫌悪と絶望を顔にあらわし、仇甫に目礼してから、悄然と彼の前から立ち去った………〔第二九回〕

この回想は、日本語の音声であることが明示された、女給を呼ぶ「酔声」によって触発される。「ユキ」という音から「雪」を想起し、さらに「雪」の色から白い「素服」へと連想が繋げられていく〔なお、「素服」の朝鮮語音「소복」は、雪や埃などがこんもりと積もったさまをあらわす擬態語にも通じる〕。素服は、配偶者に先立たれた寡婦であることを示すため、とりわけ女性に対し、公の場で着用することが儒教的な礼節として求められていた。素服の女性は仇甫が振り向く

と顔を背けるが、これもまた儒教社会での女性の礼節とされた振る舞いである。こうした女性の身なりや振る舞いから、仇甫はこの女性が街へ出て、ひとり職を探さなければならなくなった理由を想像しながら、頭のなかで物語へと編み上げていく。読者は、仇甫の頭のなかに宿った一瞬の物語を小説のテクストとして読み、続けて、仇甫が女給について「言葉を慎んで」「註釈」したことを知る。仇甫がどのような「註釈」をしたのかは明らかにされないが、女性の「顔」にあらわれた「嫌悪と絶望」から、「女給」の意味がはっきりと伝わってしまったことが分かる。「小説家仇甫氏の一日」での叙述にしたがえば、「女給」とは、「名前にはどういうわけだか皆「コ」が付」（二七回）けられており（日本風の源氏名「〜子」のこと）、「意想奔逸症。言語倒錯症。誇大忘想症。醜猥言語症。女子淫乱症」等々の「精神病」が渦巻く店内で男性の相手をし、日本語の「酔声」で乱暴に呼びかけられる存在にほかならない。

このように、切なくも苦々しい記憶として想起された素服の女性は、ふたたび「彼の視野に入ったあらゆる女給」（第二九回）と対照される。仇甫は、隣に座ったまだあどけなさの残る女給に、「やるせなさと、愛と、それらをいちどに感じ」（同）、「きみ明日、昼、ぼくとどこか遊びに行かないか」（同）と誘う。仇甫はその女給に手帳を渡して〇か×の印で返事を書くよう頼み、「明日の朝まではそれを開いて見たりはしないから」（同）とおどけて言う。この部分では、「もしこのかわいい少女が同意するなら、どこか野外で半日、散策して過ごしても良いと思う」（同）、「その新しく思いついた小さな遊びに、仇甫は明朗に、また愉快に笑った」（同）と記されるのみで、この誘いの背後にある仇甫の心情が詳しく叙述されることはない。切ない思い出を振り払うための気まぐれな憂さ晴らしだったのかもしれないし、あえて意地悪く想像してみるならば、自分との年齢差からしてじゅうぶんに「大胆」になれる「少女」に対して保護欲と所有欲を満たすことで、過去の失恋のトラウマや、それに起因する男性としての「不全感」を払拭したかったのかもしれない。

だが、この仇甫の誘いが本気でなかったことが、深夜になってカフェーを出てから、友人と別れる際に明らかになる。明日の夜も遊ぼうという友人に対し、仇甫はためらいながら、「明日、明日から、ぼくは、家にいるよ。創作をするよ――」（第三〇回）と答える。友人は「いい小説を書きなよ」（同）と言って仇甫と別れるが、ほどなくして、

「仇甫氏――」

ふと、友がふたたび彼のところへやってきた。そうだ、あの手帳にどっちの印が付いてるか見ようぜ。仇甫は、内ポケットから取り出した手帳のなかに、大きく、また正確な×印を見つけ出した。苦笑いし、友に向かって、おそらく明日正午に和信商会〔待ち合わせ場所にしていたデパート〕の屋上に行く必要はなさそうだよ。（第三〇回）

ここで、女給の付けた「×印」は、仕事時間外に遊ぼうと誘ってきた男性客に対する拒絶の意思表示にほかならない。この女給は、客としてやってきて、でたらめな「精神病」についての「知識」をひけらかす仇甫に対して、仕事として義務的に付き合う以上の魅力を感じなかったことが分かる。より踏み込んで言えば、女給の「×印」が意味するのは、仇甫がカフェーで見せた姿――軽薄で独りよがりな「知識」と、それを基盤とした「作家」としての特権意識――に対する否定であると言える。深夜、友人との別れぎわに発せられた仇甫の「創作をするよ」という宣言は、そうした「作家」としてのありかたに対する否定とともに生起している点に注目したい。

では、その否定の先にある「創作」とはどのようなものだろうか。ここで思い起こされるのが、素服の女性のエピソードである。このエピソードは、カフェーの女給という存在、そして女給を享楽の対象として消費する男性中心的な遊興文化への鋭い批判として機能するものである。仇甫は、カフェーという空間において、自分の知識と財力によって男性客として振る舞い、日頃の「不全感」をまぎらわすことのできる位置にある男性である。この意味で、素服の女性のエピソードを想起することは、仇甫にとっての自己批判にもなりうるものである。そのなかで仇甫が、

素服の女性に寄り添いながら、女性についての物語を断片的にでも構想したことは、そうした自己批判への応答として、仇甫自身が身を置く京城のモダン文化の外側にいる、その享楽から排除された人々の物語をつづっていくことへの可能性を示唆している。

仇甫の手帳に記された「大きく、また正確な×印」とは、「小説家仇甫氏の一日」という小説の叙述の大半を占める、「不全感」をこじらせた男性知識人であり「作家」である仇甫の意識、多数の漢字を織り交ぜた文章によって書かれる仇甫の頭のなかの世界に対する、厳然たる否定にほかならない。ここで、この小説が仇甫の母の世界――漢字がいっさい存在しないハングルだけの世界――によって始まっていたことを思い出してみたい。ハングルだけの世界は、自分の頭のなかに響く声が漢字と分かちがたく結びついている仇甫にとって、いわば他者の世界である。カフェーでの女給との対話、あるいは素服の女性のエピソードの叙述のなかで、概念をあらわす表語文字である漢字と、表音文字であるハングルが緻密に書き分けられていたことは、仇甫にとって他者の世界であるハングルだけの世界が、まさにそうした女性たちとの出会いを通じて見出されたことを示唆していると考えられる。「母は」という、「小説家仇甫氏の一日」という小説の書き出しの言葉は、仇甫の踏み出した「創作」の世界が、すでに仇甫だけのものにとどまってはいないことを物語っているのである。

「小説家仇甫氏の一日」という小説は、知識人である自分とは違う立場にある、京城の人々の生活の苦しさ、せつなさ、おかしさを克明に描き出すという、のちの朴泰遠が達成する小説世界へと第一歩を踏み出した記念碑的作品であると言える。小説の末尾には、友と別れて真夜中の街を歩く仇甫に対し、「当番の巡査が侮蔑をもって彼をねめ回」（第三〇回）す、というさりげない描写がある。支配者の発する「侮蔑」の視線に対して敏感にならざるをえない、日常化した抑圧は、知識人であろうとなかろうと、被植民者として生きていく際の避けられない条件としてあったに違いない。それまでの朝鮮の近代小説、とりわけ短篇小説は、知識人の内面を表現することに集中し、「近

代的な自我」を特権的に表現する媒体として機能してきたが［박헌호　二〇〇六］、「小説家仇甫氏の一日」が目指したのは、小説を通じた自己の内面の表現を、京城に生きる様々な階層の、知識人ではない人々にまで広げる文体の獲得であったと考えられる。そうした文体の獲得が作品として構造化されているという点で、「小説家仇甫氏の一日」は、京城という植民地都市に生きる「小説家」の誕生を示す作品と言えるのである。

三　京城の路地の歳月――「路地の奥」を読む

1　都市の街路から路地の奥へ

「小説家仇甫氏の一日」以後の朴泰遠は、若い芸術家、カフェーの女給、子どもたち、老人など、京城に生きる様々な境遇の人々の生活を題材にした短篇小説を量産していく。その主な舞台は、バスやタクシーの行き交う大通り、百貨店、鉄道駅とともに、狭い下宿屋や古びた民家、自動車の通らない路地裏や川辺の洗濯場などである。その一連の創作の集大成と言えるのが、一九三八年に単行本として刊行された長篇『川辺の風景』である。京城の中央を東西に流れる清渓川《チョンゲチョン》を舞台に、六〇人以上にもなる登場人物が織りなす群像劇である。この小説の日本語訳者である牧瀬暁子の言葉を借りれば、「『川辺の風景』に浮かび上がる世界は三〇年代朝鮮社会の見事な縮図、フィクションの形をとった時代の記録であり、ひとつの社会史ともいえる」［牧瀬　二〇〇五：四一七］。

いっぽうそのころ、一九三七年に勃発した日中戦争の影響により、朝鮮でも社会や生活の各方面で変化が起こっていた。その変化は、朝鮮人男子を対象とする志願兵制の施行、学生の勤労動員、経済統制、国家による日常生活への介入・規制といった戦時体制化と、日本語使用の奨励、「我等ハ皇国臣民ナリ、忠誠以テ君国ニ報ゼン」など三条からなり、事あるごとに日本語で暗唱することが求められた「皇国臣民の誓詞」制定、学校での朝鮮語教育の縮小、創氏改名など、朝鮮人に対する一連の同化政策（皇国臣民化）の二点に集約される。こうした時代の変化のなかで、朴泰遠は『川辺の風景』の成果を土台に、新たな作品を書き継いでいく。そのもっとも特徴的な成果のひとつが、京城に暮らす一家を中心とした人々の生活を描いた中篇「路地の奥」である。

「路地の奥」では、京城のとある路地に住む一家を中心とした物語が語られる。一家の家計を支えるのは、カフェーの女給として働く長女の貞伊《チョンイ》である。家長にあたる父（作中では、年配男性への敬称である「令鑑《ヨンガム》」と呼ばれる）は、しがない家屋仲介業を営んでいるが、貞伊の稼ぎに依存していることを気にしており、末っ子の三男孝燮《ヒョソプ》の進学問題に頭を悩ませている。次女の順伊《スニ》は女学生だが、友人を通じて知り合った外科医の息子・文柱《ムンジュ》と秘密の恋愛をしている。長男の仁燮《インソプ》は結婚後、不倫の末に出奔して消息不明、次男の忠燮《チュンソプ》は遊び歩いてばかりいる拳闘（ボクシング）選手である。この一家の周辺で起こる小さないさかいや事件が挿話として積み重なりながら、小説の叙述が展開していく（図2）。

小説は、物語の舞台となる「路地」の雰囲気を印象的に描写することで始められる。以下、「路地の奥」の引用は、単行本『朴泰遠短編集』（学芸社、一九三九年）に収録されたテクストからの拙訳により、引用箇所のページ数を示す。

> 苦しい人々が集まって住むところというのは往々にしてそうであるように、その路地の奥も、一歩足を踏み入れるやいなやツンと迫るにおいが鼻に心地良くなかった。腐った板切れの覆いさえないどぶには年じゅう糞尿が流れ、九世帯にたった四つしかないゴミ箱のなかでは蛆《うじ》がわいていた。
>
> それぞれ家の中に庭を持たないここの住民たちは、彼らが「大きな広場」と呼ぶこの路地の中に先を争って洗濯物を干した。名前は大きな広場でも、たかだか十幾坪にすぎない敷地である。柱から柱へ、軒先から軒先へ、横へ、縦へ、張りめぐらされた洗濯紐に、隙間なくびっちりとかけられた、擦り切れたり穴が開いたり、

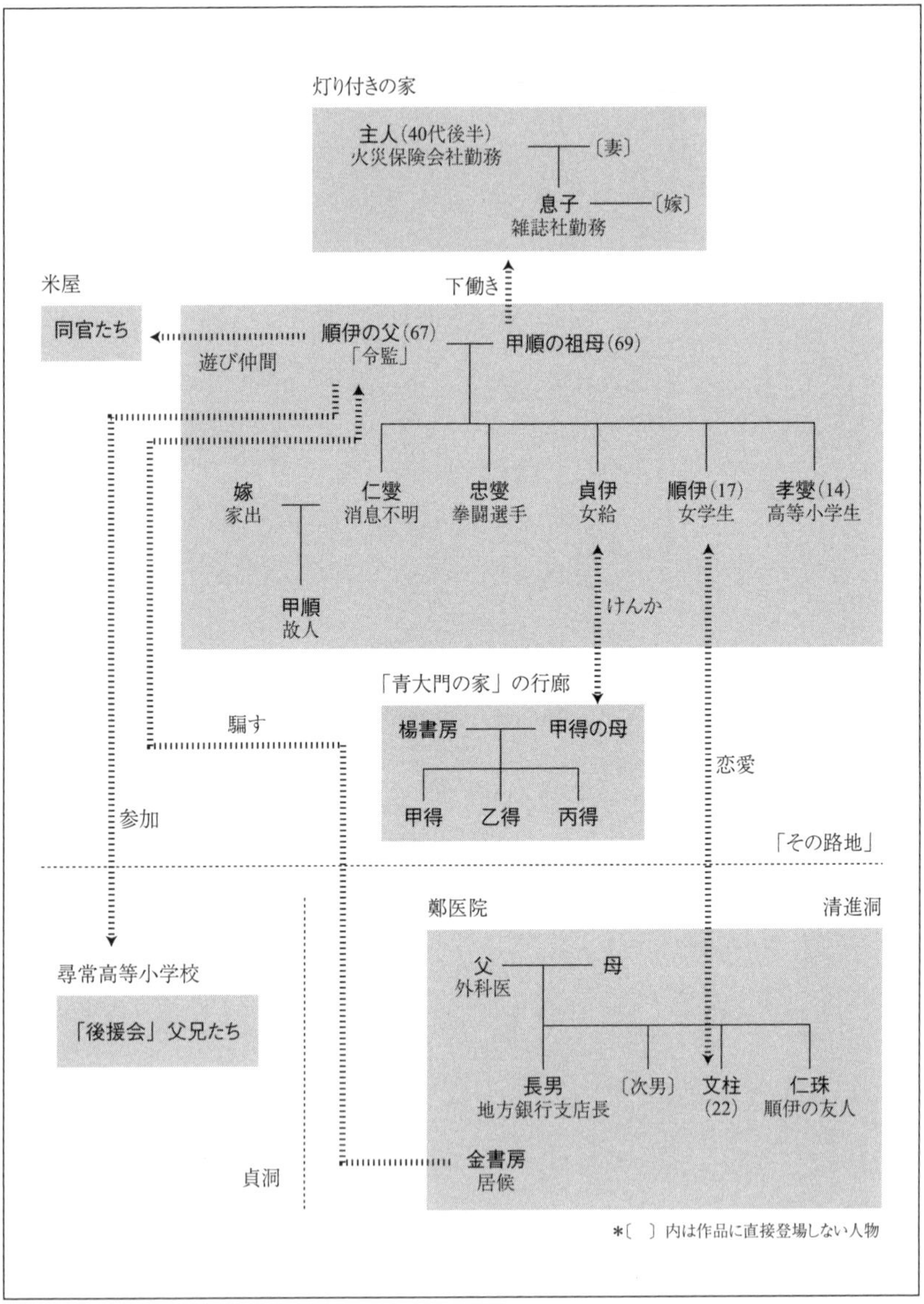

図2 「路地の奥」人物関係図

色すらもとうにあせた洗濯物は、すっかり空を覆い隠し、陽の光や風にそれらが乾いていくとき、そこからも妙なにおいはたえず漂ってくるのである。(七頁)

路地に漂う「鼻に心地よくな」いという(やや婉曲に表現された)「におい」、「どぶ」を流れる「糞尿」、「ゴミ箱のなか」の「蛆」、やはり「妙なにおい」をさせながら所狭しと干された「洗濯物」など、読者の視覚と嗅覚を刺激する言葉が並んでいる。このあとさらに、路地で遊ぶ「子どもたちの服」、「首すじ」、「太もも」にこびりついた「垢」、「血の気のないその顔の唇の上へ流れ落ちる鼻水」の「汚な」(八頁)さを細かく描写しながら、読者の衛生観念を逆なでするような叙述が続く。「苦しい人々が集まって住むところというのは往々にしてそうであるように」という書き出しが示すように、こうした叙述は、読者が現実に見聞きして知っているであろう経験にも訴えながら、文字で書かれた言葉を通じて「路地の奥」の世界へと読者を導き入れようとするものである。

2　路地の内と外

この路地のつきあたりに住む、物語の中心となる一家の暮らしは、次のように紹介される。

この路地のつきあたりの家に、順伊の一家が暮らしていた。

順伊の父は家屋仲介商の令監で、癸酉(一八七三年)生まれだから今年で(数え)六十七になるはずである。現在、一括七百円で借りて入っているトタン屋根に一角大門(写真6参照)の家——、部屋一間、板の間一間、台所一間の一間ずつの家に来る前には、まったくさ、なに不自由なく暮らしてたのさ、とこれは令監より二つ上のかれの奥方がなにかにつけてもらす声である。(八頁)

写真６　一角大門は、塀の中などに柱を建てて設置される簡素な外門。敷地に余裕がない家屋でよく使われた。（提供：（株）住宅文化社）

写真７　外門の脇に設けられた行廊。内部は小さな部屋に分かれており、奴婢などの居住空間として使われた。（出典：韓国民族文化大百科事典）

この引用からは、この一家はなんらかの理由で経済的に没落した結果、この路地で借家住まいをすることになったことが分かる。物語のなかではほとんど食いっぱぐれているとされているが、令鑑には一応の定職があり、七〇〇円という金を工面して入った借家で生活しつづけるだけの経済的余力は、かろうじて維持している状態である。ちなみに、当時の朝鮮での七〇〇円は、米価を基準にして二〇二〇年現在の韓国ウォンに換算したうえで、国際通貨基金の公表している二〇二〇年の為替レート（一年間の平均）により日本円に直すと、約六〇万円に相当する（以下、貨幣価値の換算は同様の計算方法による）。

一九三八年ごろから物語の現在時である一九三九年ごろにかけて、京城をはじめとする朝鮮の都市部で住宅難がいよいよ深刻化していた。当時の新聞記事には「事変以来の物価暴騰とあわせ／翼のついた家賃昇天の勢い」（『朝鮮日報』一九三八年八月一六日）などの見出しが並ぶが、それ以前からの都市部への人口過集中にくわえ、日中戦争（当時は「支那事変」などと呼ばれた）の影響による物価高騰、資材不足、建築制限などが重なり、都市部の住宅需給バランスは崩壊してしまっていた。「この二、三年で家の値段ばかりやたらに上がって、売買がちっともない」、「ときどき話があっても、（売り手と買い手が）お互いに言う値段があまりに違って、たいがいは途中で流れてしまい」（九頁）などと小説中でも説明されるように、令鑑の家屋仲介業が鳴かず飛ばずなのは、戦時体制下で跳ね上がった住宅価格が背景にある。

住宅難は、同じ路地に暮らすほかの家族の境遇からも見て取れる。その一例が、「この路地の奥で「青大門の家」と呼ばれる家の行廊《ヘンナン》に間借りしている」（二六頁）とされる「楊書房《ヤンソバン》」の一家である（「書房」は、無官の男性の呼称で、日本語の「～さん」に近い）。行廊とは、朝鮮の伝統的な家屋の大門に隣接して並ぶ部屋を指し（写真7）、朝鮮王朝時代には、その家に仕える奴婢の居住空間として使用されていた。近代に入り、人口集中により京城の住宅不足が社会問題化しはじめたころから、行廊に安価で間借りして住むという居住形態が、都市下層民のあいだに広がっていった［孫禎睦　一九九六：二四八―二五二］。家族全員で行廊のひと部屋に住まい、かつての奴婢と同じく家主のために雑用や家事をこなす生活で、住環境は劣悪なものだったことが想像される。借家だが一軒家に住む令鑑一家と、狭い行廊に間借りする楊書房一家の境遇の差が、両者のあいだで起こる小さないざこざの背景になっていることが、次のような挿話からうかがえる。楊書房の夫婦には甲得《カプトゥギ》、乙得《ウルドゥギ》、丙得《ピョンドゥギ》の三兄弟がいるが、その末っ子・丙得がまず、母（作中では長男の名から「甲得の母」と呼ばれる）にむかって次のように言う。

「母ちゃん、おれうんち！」
「うんち？　したかったら外へ出てすればいいじゃないの」
「おい、ピョンドゥギに路地のなかでうんこさせるんじゃないよ。人に文句付けられるようなことしなくたって」
「誰が文句なんか？　どっかのあばずれがかい？　ちびが道でちょっとうんこしたくらいでなんだい？　ウルドゥギ、ピョンドゥギ連れていってあの女の家の門の真ん前でうんこしてきてやりな！」

その女の家とは、貞伊の家を指す言葉である。冬の季節を除けばいつも下は脱ぎっぱなしで外へ丸見えにしている行廊の小さいのが、そのままどこでも糞尿を垂れ流すのを、誰も好ましく思うはずはないが、その母親が口やかましいので聞こえるところでは誰も何も言わなかったのを、貞伊がいつだかカフェーへ出かける道で、ゴミ箱の前に座ってやはりうんこをしている丙得を見て、

「わあ、汚い。ったく、汚いガキに育てたもんね」

と言ったひと言が問題で、甲得の母はちょうどその場にいはしなかったが、乙得から後でその話を伝え聞くと、

「あぁ、やれやれ。癪に障ること言ってくれちゃって。汚いガキに育てるなんて、誰に向かって言ってるんだか？　癪に障る女だよ……、そりゃピョンドゥギのうんこが汚くたって、自分のやってることよりはきれいだろうに」

部屋のなかで言ったのではなくて、しっかり外へ出て叫んだものだから、その言葉はまたそのまま貞伊の耳に入り、それでその翌日は二人の女の喧嘩に路地の奥は騒然としたのだが〔……後略……〕（二八―二九頁）

用を足したいという息子に対し、「外へ出てすればいい」という母と、「文句」をつけられることをはばかる父。彼らのやりとりをきっかけに、甲得の母と貞伊のあいだの「喧嘩」に至る顛末が、朴泰遠らしい切れ目のない自在な文章で物語られている。ここで自宅のトイレに連れていくという選択肢が第一に浮上しないのは、この一家の間借りという境遇ゆえにほかならない。貞伊とのいざこざが起こる前から、楊一家の子どもたちは路地で用を足していたものと見られるが、こうした状況に、間借りの身で家主のトイレを、それも一家五人で使うことに対する後ろめたさを読み取ることは難しくないだろう。どぶに常に汚物が流れている、という小説冒頭の描写からは、こうした境遇にある人々がこの路地に少なくなかったことがうかがえる。糞尿を汚物として行政が処理するという近代的な衛生観念に基づいた体制が施行されてから、京城の汚物処理政策は幾度かの変遷を経るが、一九三九年の時点で

は、慢性的な財政赤字対策のため糞尿の汲み取りは有料化されていた〔서호철 二〇一六、김상은 二〇一九〕。

甲得の母は、自分たち家族の排泄に関するままならなさを、彼女にとって「汚い」仕事をしているように見えるカフェー女給の貞伊にぶつけている。だが甲得の母の主張は路地の住人たちからも支持を得ることはできず、「結局その時の喧嘩は自分が負けたものと甲得の母も認めなければならなかったのが憤ろしかった」（三〇頁）。この「憤ろし」さは、日常生活の細部であらわになる微妙な階級格差に対するやるせなさの表現でもあっただろう。同じ路地の奥で暮らしながらも、住人たちのあいだにはこのように微妙な階級格差が存在する。それによる葛藤やストレスが日常的ないさかいや事件として噴出するさまが、排泄という生活のうえで欠くことのできない行為を通じて提示されているのである。

「路地の奥」という小説で、排泄をめぐる格差はまた別の事件をも引き起こす。「灯り付きの家」と呼ばれる、路地の奥で唯一の外灯を付けた家には別棟の便所がある。その便所は、その家の者たち以外に「路地の住民のうちで他人の家に間借りして暮らしている旦那衆にだけ」（三三頁）使うことが許されており、「路地のなかの共同便所」（同）のような役割をしている。便所に付けられた南京錠の鍵を管理するのは、「灯り付きの家」に家事手伝いとして出入りしている、貞伊の母にあたる甲順《カプスニ》の祖母である（甲順は、幼くして亡くなった仁燮の子の名）。

事件は、楊書房がその便所に入っているにもかかわらず、甲順の祖母が外から鍵を閉めてしまったために起こる。甲順の祖母は、楊書房の長男・甲得のために便所の鍵を開けてやったあと、「（ああ、そうだ、さっき甲得が開けてくれって言って開けてやってから、そのままだったねえ……）／ひとり心のなかでつぶやいて、急いで鍵をかけた甲順の祖母は、甲得が用を済ました後に今度はその父親が入っていることをついぞ知らなかっ」（三八頁）たのである。便所に閉じ込められて戸惑う楊書房は、「他人の家の便所を借りているのが、彼の心にやましい思いを抱かせ」（三九頁）、また「それだけ不愉快な自分の境遇を他人に知らせるのが〔……中略……〕憂鬱で」（同）、結局まともに助けを呼ぶこともできず、一時間半を便所の中で過ごすことになる。

　注目すべきは、この勘違いに先立って、甲順の祖母が灯り付きの家の息子から「ウイスキー」（三七頁）をもらって飲んでいたという点である。甲順の祖母は灯り付きの家の家事を手伝う代わりに、その家から毎日の食事や「水道水」（三六頁）、子どもたちのお弁当にする「温かいご飯一杯」（同）をもらったり、主人と息子の吸い残した煙草を集めて吸うなどの「所得」（三五頁）を得ているという。灯り付きの家の息子からウイスキーをもらって飲むのも、そうした「所得」の延長線上にあるものとして語られている。甲順の祖母は灯り付きの家でおこなう家事労働の対価として、「変わった形のガラスのコップになみなみ一杯」（三七頁）注がれた「西洋酒」（同）に酔うという感覚的な快楽を経験することができる。書き手による「所得」という用語は、これが非公式的なものではあれ、資本主義的な経済活動の一環として意識される関係性であることを示唆している。

　ほかならぬ「灯り付きの家」の主人は、京城の黄金町（現・乙支路《ウルチロ》）にある火災保険会社で働く人物である。黄金町は清渓川の南側、日本人の移住と日本からの資本の進出により経済的中心となった地区である。「苦しい人々」が住む路地に位置しながら、「灯り付きの家」には、路地の外で主人が日々おこなう労働によって、「黄金町」という町名が暗示するとおりに財がもたらされる。「灯り付きの家」という路地の外へと通じるチャンネルを持つことで、その財は「ウイスキー」に形を変えて甲順の祖母にももたらされるのである。

　いっぽう、その甲順の祖母によって便所に閉じ込められてしまう楊書房には職がない。つまり、彼は路地の外に出る機会のない人物である。路地の外に生計を維持する手段を持っているかどうか、あるいは、路地の外へ日常的に出かける人と経済的なつながりを持っているかどうかが、ここで重大な違いを生んでいる。こうした格差を生む路地の「外」が京城の黄金町に設定されているという点は、この事件をめぐる甲順の祖母と楊書房の経験の落差が、京城という都市を成立させた植民地近代的な資本主義経済と密接に関連していることを示している。路地の住民たちは、植民地近代の原動力である資本主義経済と関係を結びながら（あるいは結びそこねながら）、時として残酷なまでに対照的な日常を生きている。

3　植民地で積み重ねられる時間

同じ都市に暮らしながら、日常生活や人生そのものが時にきわめて対照的に経験される場面は、群像劇としての「路地の奥」という小説を特徴づけるもののひとつである。順伊《スニ》と文柱《ムンジュ》の恋愛が、結局は挫折させられてしまういきさつを物語る部分でも、生の経験の対照性という主題が効果的に生かされている。

路地に住む令鑑《ヨンガム》の次女・順伊は、同じ女学校に通う友人を通じて文柱と出会う。文柱は医者の息子で、現在は無職の文学青年である。ふたりの恋愛は、文柱が順伊に手紙を送ることで始まる。開業医である文柱の父は「三十万ほどの資産家」（五〇頁）とされ、銀行の地方支店長をしている文柱の兄ともども「社会有志」（同）という立場にある。いっぽう、順伊の父はしがない家屋仲介商であり、姉はカフェーの女給である。こうした家柄の差は順伊と文柱にとって結婚の障壁として認識されており、ふたりの恋愛は秘密の関係とされている。

しかし、順伊と文柱の関係をつなぐ手紙という媒体は、そうした秘密の恋を秘密のままにしておくことを難しくする。手紙は、封筒にはっきりと記載された受取人と差出人双方の名前と住所に基づいて、配達人という第三者によって運搬され、受取人の家に届けられるものである。どちらも親と同居している以上、それが届けられる時点で、封筒に書かれた差出人の名前や、場合によってはその手紙の内容までもが、他の家族の目に触れる可能性があるというあやうさを持っている。物語のなかでも、文柱から順伊に送られた最初の手紙は、はじめに姉の貞伊《チョンイ》が受け取っている。「チョン・ムンジュって、あんた、知り合い?」（五九頁）という貞伊の台詞では、文柱の姓名が「정문주」とハングル表記されている。「路地の奥」での登場人物の名前は、原則として地の文では漢字表記、台詞のなかで

はハングル表記というふうに書き分けられている。こうした書き分けにより、読者は、台詞として書かれた「정문주」という表音文字のハングル表記から、封筒に書かれているはずの「鄭文柱」という漢字の文字列を想像するとともに、それが貞伊の声によってはっきりと音読されたことを知ることになる。手紙という媒体のあやうさを、こうした些細なやり取りによって読者に想起させることで、順伊と文柱の秘密の関係がその当初から危険にさらさていることを暗示している。

読者の予想どおり、順伊と文柱の関係はあっけなく終わらせられてしまう。「まだ年若く、なにも結婚など急ぐこともないが、それでもそれぞれの父母に自分たちの仲を打ち明け、堂々と婚約でもしようというのが、文柱のひそかな考えだったのだが、とはいっても、はたして順伊のことを話して自分の親が簡単に彼らの仲を許してくれるかどうか、とうてい自信がなく、そのため、文柱がためらっていたとき、自分たちの仲は自分たちが打ち明けるより先に両親の側でどういうわけか知るところとなり、ある日、文柱は自分の家の門客のひとりに連れられて全州《チョンジュ》、兄のいるところへ送られていった」（六九―七〇頁）。この長い一文のスピーディな展開は、文柱の「ひそかな考え」の無力さと、順伊との関係のもろさを印象づける。

文柱と順伊の交際を問題視した文柱の父に、ふたりを別れさせる工作を持ちかけたのは、文柱の家の居候である金書房《キムソバン》である。三ヶ月のあいだ地方で今後のことをよく考えて、順伊のことが忘れられないなら、両親も結婚を許すだろうという嘘で文柱を説得した金書房は、嘘をとがめる文柱の父に対して「兵は詐《いつわり》を厭わずという言葉があるではないですか」（七四頁）などと言いながら、順伊の親にもふたりの交際を告げ口し、別れさせる策略を語って聞かせる。「金書房は、ふだん自分が好きで読む三国志が、けっして暇つぶしに読んでいるだけではないというように」（七六頁）と、金書房の様子を伝える叙述から見て取れるように、この策略は、植民地期朝鮮でも親しまれていた『三国志』や『三国志演義』から学んだとされる、通俗化した兵法という枠組みに落とし込まれる。

この直後に置かれた、「家屋仲介商の令鑑は、しかし同じソウルのなかでこんな陰謀が計画されているとは夢にも思わなかった」（七六頁）という一文は、文柱の家での出来事と令鑑が置かれている状況とを鋭く対比して示す。令鑑は、作中で「同官」と呼ばれる仲間たちと一緒に暇を持て余しながら、末っ子の孝燮《ヒョソプ》が入学する学校の後援会費をどうやって捻出しようか、頭を悩ませている。

（ああ、醸造場の裏の、十八部屋の家を売ることさえできてりゃ、いま五圜《ファン》〔貨幣単位。植民地期には「円《ウォン》」と同義として口語で慣用された。現在の日本円で約四二五〇円〕の金でこんなに悩まずにすんだものを……）

令鑑が思わず口のなかでつぶやくのを、同官は、

「なに？　醸造場？」

と老眼鏡の後ろで細くした目を上げる。

「ああ、なに、一昨日売れたっていう醸造場の裏の家だよ」

〔……中略……〕

横で黙って将棋を打っていた米屋の若主人が口を挟んで、

「なあ、その、醸造場の裏の家を買った人間ってのが、話によると、平安道《ピョンアンド》の人らしいが、薬の仲買をやってたんだとなあ」

「薬の仲買？　薬の仲買がどうして七千圜にもなる家を買うような金を持ってるっていうんだ？」

「だからめぐり合わせがいいってことだ。そいつが自分に金があって買ったんじゃなくて、息子が買ってやったんだとさ」

「息子はなにやってるんだ？」

「鉱山技手だとよ」

「鉱山技手だったら、じゃあ専門学校出ってことかい？」

「おう、立派な高等工業学校出身でございますとよ」

「その、薬の仲買が、どこから金持ってきて息子をそんなに勉強させたんだ？」

〔……後略……〕（七九—八〇頁）

醸造場の裏の家を買った男についての噂話は、その息子が近所の金持ちに目をかけられて学資を得たこと、鉱山技手となった息子のほかに、大邱《テグ》で道立病院に勤める息子がもう一人おり、今日まで三年間、欠かさず親に仕送りをしている、という話にまで及ぶ。薬の仲買をしていた男の成功譚が噂話を通じて展開されたあとには、「自分の身の上をふり返り、胸の片隅に悲しみが噴き出す心地だった」（八一頁）という令鑑の悲痛な内面が対照されて配置される。出奔して両親を顧みない息子たちと、女給をしている娘の稼ぎを頼りにせざるをえない令鑑のやるせなさが、さらに続いて語られていく。

午後二時からの後援会へ出かける準備のため令鑑が家に戻ると、文柱の家の居候である金書房が訪ねてくる。順伊のことで訪ねてきた男を不審がる令鑑に対し、金書房は先ほどの計画どおり、「令鑑の下のご息女の身持ちがよろしくな」（八八頁）いなどと言いながら、「証拠物品」（同）として順伊から文柱に送られた手紙を突き付ける。順伊の筆跡であることを確認し、手紙を読んでショックを受ける令鑑にむかって、金書房は「なにかよからぬことが起こるかもしれない」（同）と令鑑を脅し、家庭での監督不足を注意して帰っていく。

この「なにかよからぬこと」という言葉は、貞伊がカフェーで働きはじめたころのことを回想する令鑑に寄り添った、次のような叙述と呼応するものである。「たとえ、貞伊が外でなにかよからぬことをしたとしても、老人にそれを叱り咎める権利はないのであった。／（あいつが身体をだめにしたって、それはみんな自分が生まれてくる親父お袋を間違えたせいじゃないか？　親父もお袋もどうしようもないやつらだからじゃないか？……）」（八五―八六頁）。その日、みずからの身の上のみじめさを再確認し、これまで重ねてきた長い年月を悔恨によって塗りつぶすまでに追い込まれていた令鑑にとって、金書房の言葉はとりわけ厳しく突き刺さったに違いない。その衝撃の大きさは、「まるで呆《ほう》けた人の顔をして、灯り付きの家から老いた女房が大慌てで帰ってきて、／「二時なんでしょう？　もう昼の一時になるのに、早くお食事済ませて行かないと」／と呼び起こされるまで、彼はまったく同じ姿勢でそこにそのまま座っていた……」（九一頁）という令鑑に対する描写から、ありありと想像してみることができる。

ここで、「昼の一時になる」ことに気が付かない、刻一刻と過ぎていく時計の時間に取り残される令鑑の姿が描かれていることは、「路地の奥」という小説のもうひとつの主題と関わる点である。それは、三〇年近くにわたって積み重ねられてきた植民地近代という時間についてである。

これに関連して、仲間の「同官」たちと過ごしていた午前中の令鑑たちの姿を描写した次の一節を見てみたい。

明日明後日にも昌慶苑の桜が満開だと、折しも連日続く良い天気に人々の心はわき立つとき、つまらぬ家儈《カクエ》らは、その薄暗い部屋のなかに閉じこもっていて、昨日も今日も、仕方なく手にするのは、手垢が真っ黒にしみた将棋の駒である。（七六―七七頁）

「家儈」とは家屋仲介商を指す漢字語で、朝鮮王朝末期、朝鮮の開国にともなって整備が進んだ文書に基づく不動産取引制度のなかで、国家公認の仲介人とされた職名に由来する言葉である［金建祐　二〇〇七］。「家儈」という職名で呼ばれた令鑑のまわりにいるのは、先にも見たように「同官」たち、つまり似た経歴を持つ同僚たちだが、そのうちの一人は、「韓国時代に京城監獄の看守を二年だか三年だかやったという同官」（二〇頁）と明示されている。ここでの「韓国時代」とは、朝鮮王朝の第二六代王・高宗が一八九七年に皇帝として即位して成立し、一九一〇年に日本によって併合された大韓帝国の時代を意味する。「家儈」という言葉で暗示された過去の時間が、「韓国時代」という表現によって、朝鮮が植民地化される以前の時間として、さりげなく、しかし具体的に呼び寄せられる。

そうした「家儈」の令鑑や「同官」たちは、「薄暗い部屋」のなかで「昨日も今日も」変わらず、「手垢」で黒ずんだ駒で将棋を指しているとされる。それと対照されるのは、「良い天気」が続き、「明日明後日にも」満開になることが期待される「昌慶苑の桜」に心踊らせる「人々」である。時間（「明日明後日にも」／「昨日も今日も」）、明暗（「良い天気」／「薄暗い部屋」）、色彩（「桜」の花弁／「将棋の駒」の「手垢」）という三点の対比が実に鮮やかな一節である。「桜」が象徴する季節の移り変わり、時間の流れから、「つまらぬ家儈ら」と名指される令鑑一行は、疎外され取り残されている。

先の引用で「つまらぬ家儈ら」と訳した部分の朝鮮語原文での表現は、「세월이 없는 가쾌들」である。これをあえて逐語訳すると、「歳月がない家儈ら」となる。「歳月がない」という朝鮮語表現は、慣用句として使われる場合には、取るに足らないこと、商売の稼ぎが良くないことを意味する。先の引用でも、そうした一般的な慣用句としての意味で用いられていると見ることができる。しかし、時間の流れ、季節の変遷を明らかに想起させる文脈のなかにこの表現が置かれたとき、慣用句に含まれる「歳月」という語が持っている意味が、より強く浮かび上がってくると考えられる。つまり、令鑑らは商売あがったりの社会的に取るに足らない存在であるとともに、文字どおり「歳月」を欠いた存在でもあると、この一節からは読み取れるのである。

では、「つまらぬ家儈ら」に欠如した「歳月」、「昌慶苑の桜」によってその移り変わりが象徴される「歳月」とは、どのようなものだっただろうか。先に見たように、明確に「韓国時代」、朝鮮が植民地化される前の時間をまとう令鑑らと対照される「昌慶苑の桜」とそれを心待ちにする人々は、まさしく、植民地近代の時間を生きていると考えられる。昌慶苑は、朝鮮王朝の王宮だった昌慶宮《チャンギョングン》が、日本の植民地支配のもとで公園化されたものである（現在は王宮としての姿に復元されている）。昌慶宮では、一九〇七年から、すでに実質的に日本の支配下にあった大韓帝国宮内府により博物館と動物園の造成が進められ〔李成市　二〇〇四：二八―三五〕、昌慶苑と名を変えた植民地期に入ってからは、京城の名所のひとつに数えられていた。昌慶苑開園当時から園長を務めた下郡山誠一によれば、昌慶苑に日本風の庭園を造成するために桜が植樹され（『朝鮮日報』一九三八年三月二六日）、一九二〇年代には昌慶苑での夜桜見物が名物となった。日中戦争中の生活統制の流れに対しても、「日本国民精神を象徴する「サクラ」であるから」と園を管掌していた李王職がお墨付きを与え（『毎日申報』一九三八年三月二六日）、夜桜見物のための夜間開園が続けられていた。このような文脈を踏まえると、「昌慶苑の桜」は、春という季節の到来を告げる時間の指標である以上に、昌慶宮というかつての王宮が、その本来の役割を喪失させられてから植民地公園として積み重ねてきた「歳月」と、その「歳月」を享楽とともに過ごした人々の存在を強く暗示する。令鑑たちに欠けているとされる「歳月」とは、まさしく朝鮮が植民地となってから積み重ねられた時間であることがここから分かる。

小説の最後に置かれた学校の後援会での挿話では、令鑑にとっての「歳月」の欠落が切ないアイロニーによって表現される。午後二時に始まるはずだった後援会は、参加者の集まりが悪く、定刻を過ぎても始まらない。すでに集まった参加者たちは、誰ともなく厳しい受験戦争に対する批判のこもった雑談をしはじめる（孝燮が進学する学校は「高等小学校」で、中学校に落ちた児童が翌年の受験準備のため仮に在籍するという性格の強い学校だった）。後援会が始まるまでの宙吊りの時間に、「今年度中等学校不合格児童父兄座談会」（九二頁）と地の文で揶揄されるようなやり取りが始まるのである。

その「座談会」の発言権は、ふとしたきっかけでひとりの老人に渡る。それまで自説を展開していた「国防服を着た丸刈りの男」（九四頁）は、隣りで黙って座っている老人に気づき、話を振る。

彼はやや速い語調で、その身なりのすっきりして実に品のあるように見える老人に向かって、

「令鑑はお子さんが何人いらっしゃいますか？」

とたずねたのである。

「わたしの、とこですかな？　五人きょうだいですよ」

「五人きょうだいですか。ちょうどいい数ですね。それで、皆さん独り立ちさせられたんでしょうな？」

「ええ。こんどこの学校に入れたのを別にすれば、独り立ちさせたことになりますね」

「では、息子さんはみんな……」

「ええ、息子三人に娘二人です」（九六―九七頁）

ここまで読み進めたところで、読者はこの「老人」が貞伊や順伊の父親である令鑑であることに気がつくだろう。しかし「老人」の話の内容は思わぬ方向に展開する。「老人」の長男は「京城医学専門学校を卒業し、今は大邱道立病院に勤務」（九七頁）しているという。これに対して地の文では、息子を育てるのに人並みの苦労もしたという「老人」の言葉を引き取って、「それが女に狂って家を捨てていったきり、七年あまり便りもないとは？……」（九七―九八頁）とほのめかし、ここまでの令鑑の物語と「老人」の話とが食い違うことを示唆する。

後援会の参加者に向かって「老人」が語る話は、その日の午前に令鑑が聞いた、醸造場の裏の家を買った男に関する噂話をもとにしている。先に見たとおり、この噂話を聞いた令鑑は自身の身の上や来し方をふり返り、自分のもとには訪れることのなかった成功――孝行を受ける親として積み重ねるはずだった「歳月」――について考え、

悔恨を深めていた。「老人」の話は、そうした令鑑の経験を裏返しにした物語だと言える。とりわけ、「金鉱で失敗をして、あんな苦しい目にあったわけです」（一〇一頁）と過去の失敗を語りつつも、今では次男が鉱山技手となり、「政府でも産金奨励に力を入れているだけに、言うなれば国家的事業で、〔……中略……〕こいつが今は月給三百円〔現在の日本円で約二五万五〇〇〇円〕をもらって昌城《チャンソン》金鉱にいるんだが」（一〇四頁）と、金鉱をめぐる逆転劇をでっち上げて語る部分は意味深である。朝鮮半島での金鉱開発は、朝鮮開国以来の外国資本、植民地化後には日本政府・軍と朝鮮総督府の主導で積極的におこなわれてきた。朝鮮人のなかでも、投機に失敗して手持ちの財産を食いつぶす人々が出るいっぽうで、金鉱で成功して富豪となり、社会的・政治的に有力な立場を手にした人物もいた〔전봉관 二〇〇五〕。朝鮮における金鉱開発事業は、植民地社会での経済的成功という夢を人々に供給する装置として機能していたと言える。「老人」は、「次男」の話を通じて金鉱による経済的な成功を手に入れたことを語るが、でっち上げでしかないという意味で、それはまさしく実体のない夢にほかならない。

　小説は、参加者がおおかた集まってもなお終わらない「老人」の話が続くなか、幕を閉じる。「老人」の物語が成立するのは、たがいの身の上も名前も知らない初対面の人どうしが集まった学校の後援会という、場の匿名性ゆえである。場の匿名性は、後援会での発話者を「顔の黒い男」（九二頁）、「山羊髭の男」（九四頁）、「若い鼈甲《べっこう》眼鏡」（同）、「国防服を着た丸刈りの男」と、一貫して身体や外見の特徴のみによって指示する叙述によって、はっきりと示されている。こうした叙述の仕方は、固有名や血縁関係による呼称が多用されていた、路地という生活空間での出来事を語っていたそれまでの叙述と、きわめて対照的である。「順伊の父」という親子関係に基づく呼称によってこの小説に登場する令鑑もまた、後援会の場では「その身なりのすっきりして実に品のあるように見える老人」となる。

　この「後援会発起会」に集まった人々は、「路地の奥」という小説でここまで叙述されてきた、令鑑の暮らしぶりや家族の状況についていっさい知らない人たちである。彼らにとって「老人」の人となりを判断する唯一の基準

写真8　国民服を着た男性。この写真が載った1943年7月7日の『写真週報』（内閣情報局）は、「決戦下の衣生活」で大切なのは「新調しないこと」と説く。（国立公文書館所蔵。アジア歴史資料センター Ref.A06031087400）

は、その場に集まった人々のなかでおそらくもっとも年長に見えること、そして「すっきりとし」た「身なり」から醸し出される「品」のみである。それまで黙して語らなかった令鑑に発言権が回ってきたのはその年齢と外見ゆえであり、ここまでの小説の物語と相反する成功談が真実として受け止められたのも、同じ理由からだろう。すなわち、「老人」の話の聴き手たちは、「つまらぬ家儈」として植民地の時間から疎外された令鑑のことを知らないために、「老人」が重ねたはずの年齢とその身にまとう「品」を根拠に、真実の裏返しと言える植民地の時間における成功の物語を、それらしいものとして認めてしまう。

はじめに「老人」に話を振った国防服の男は、その後も「老人」に話をうながしつづける。「老人」の話を持続させるのは、国防服の男を代表としてその話に注意深く耳を傾ける聴衆たちの存在があってこそである〔김미지 二〇一四：七八―七九〕。この男の外見的特徴とされる「国防服」と「丸刈り」は、日中戦争下の世相と密接に結びついたものであるという点で重要である。国防服とは、朝鮮では一九三八年ごろから、朝鮮総督府をはじめとした官公庁を中心に制服として用いられはじめた衣服である。正式には「国民服」という名称だったが（写真8）、陸軍軍服と同色で、「国防色」とされたカーキ色の衣服であったことから、朝鮮のマスメディアなどでは「国防服」という名前も慣用的に使われていた。国防服は、丸刈りとともに戦時の生活統制の文脈で、とりわけ男性の官吏や学生を対象に奨励された〔공제욱 二〇〇六〕。その後の一九四〇年には、同様のものが日本内地でも法制化されている〔井上 二〇〇一〕。国防服を着て丸刈りにすることは、戦時下の政策への積極的な参与を示す身なりであるとともに、

朝鮮においては、公的地位に裏打ちされた社会的な信用を連想させるものでもあったと考えられる。「国防服を着て戸別訪問　水道断水をダシに詐欺」（『東亜日報』一九三九年八月一二日）など、国防服を着た者による詐欺事件が、この時期に複数報道されていることは、国防服のこうした記号としての意味を逆説的に証明する。戦時下の植民地社会で信頼するに足る模範的な臣民、というイメージを人々に抱かせる「国防服を着た丸刈りの男」は、後援会という公の場で、とりあえずの代表者にふさわしい、という暗黙の合意のもと、敬うべき「老人」から話を聞き出す。そうしてしつらえられた舞台で語られる「老人」の話は、それが嘘であるという事実とはうらはらに、公式的な真実味を擬似的ではあれ帯びるものとなる。

だが、真実味が強ければ強いほど、嘘であることが露呈するあやうさも増大する。先に述べたように、「老人」の物語はあくまで後援会が始まる前の、参加者がたがいの素性を知らない猶予された時間だからこそ成立しうるものだった。後援会が始まり、集まった父兄がたがいの名前や住所などの個人情報を知るようになれば、「老人」の物語が嘘であったことはやがておのずと明らかになるだろう。そして、その真実が露呈する決定的瞬間は宙吊りにされ、小説が終わった後に起こるであろう出来事として、物語の外側に置かれている。

自分のしている話が嘘であることは、ほかならぬ話をしている自分自身がもっとも早く、もっとも深く知ることである。後援会に出席した「老人」として話をする令鑑は、自分のもとに到来しなかった植民地近代的成功を語ることで、自分で自分の人生を偽るという引き裂かれを経験する。小説末尾に置かれた「老人」の話が、それまで叙述されてきた令鑑の物語と齟齬を発生させる、というテクスト構造によって、読者もまた、読書体験上の違和感として令鑑／「老人」の内面における引き裂かれを疑似体験するだろう。また、「老人」の物語が続いたままで小説が終わることで、引き裂かれた緊張状態が迎えるはずの終局、カタルシスは遅延されつづける。

悔恨に塗りつぶされた人生を、令鑑は嘘によって代償しようとするが、その嘘が令鑑にもたらす居心地の悪さは、小説の読後感として読者に残る。その居心地の悪さ、引き裂かれにより破綻が訪れることが予感されながらも、猶予された時間はあたかも永遠かのように続いていく。時代の展開がもたらしてくれるかもしれない成功や幸福からは取り残され、そのかわり、煮え切らない、どんよりとした苦痛の時間が終わることなくだらだらと続いていく。このような時間感覚のなかに、植民地の「歳月」という経験のひとつの姿が表現されているように思えてならない。

おわりに

本書ではここまで、朴泰遠の二つの小説を読み、その表現を検討しながら、植民地都市の社会に生きた人々の経験の一端に迫ることを試みてきた。「小説家仇甫氏の一日」では、植民地都市に生きる小説家＝知識人としての生き方への自己言及が、きわめて意識的に構築された文体そのものによって示されていた。「路地の奥」では、植民地化以前の時間を知っている令監という奥行きのある人物造形によって、植民地として積み重ねられてきた時間を生きるという経験が、アイロニーを通じて表出されていた。

その後の朴泰遠の人生についても、簡単にではあるがたどってみたい。「路地の奥」を発表した翌年の一九四〇年、すでに三人の子をもうけていた朴泰遠一家は、京城の郊外住宅地開発の流れに乗り、城外東北部の敦岩町（現・敦《ト》岩洞《ナムドン》）に家を買って移り住む。新たに買った家での生活は、「自画像」三部作と題された「淫雨」（一九四〇年）、「偸《ちゅう》盗《とう》」（一九四一年）、「債家」（一九四一年）として作品化されることになる。これら三作それぞれで、新築の家で雨が漏り、泥棒に入られ、借金返済を任せていた小間使いに金を持ち逃げされるというごく個人的な家庭の災難が扱われるが、そのいずれもが解決せずに先送りにされる。見事なまでに後味の悪い、珠玉の短篇である。

だが、こうした朴泰遠の持ち味はその後、あまり見られなくなっていく。一九四一年には、日中戦争のさなかに親日政権である南京政府の首班となった汪兆銘《おうちょうめい》を主人公にしたサスペンス小説「亜細亜の黎明」（一九四一年）を発表、翌年には、朝鮮人を対象とした徴兵制施行が決定したのをきっかけに、古代のいわゆる蝦夷征討に功があったと伝承される上毛野形名《かみつけののかたな》の妻から太平洋戦争で特攻隊として命を落とした兵士たちの母にいたる女性たちの物語を『軍国の母』（一九四二年）なる美談集にまとめるなど、朴泰遠の執筆活動は公の領域に接近していく。日本の戦争遂行に協力する活動が、どこまで朴泰遠の本心からのものだったのか、今となってはわからない。だが一九四五年以降、日本の敗戦により朝鮮が植民地支配から解放され、朴泰遠が北朝鮮を活動の舞台として選んでからの活動は、国家の公の歴史をつむぐ小説家となったという点で、この時期の活動の延長線上にあるように見えることも事実である。朴泰遠は、一九六五年に失明、一九六八年には脳出血に倒れて半身不随となりながら、北へ渡ってから再婚した妻の協力のもと、口述筆記（一部は妻と共作）によって歴史小説『甲午農民戦争』三部作を完成させ、一九八六年に息を引き取った。その後、一九九九年に、朴泰遠は北朝鮮の最高人民会議で愛国烈士に列されている。

あらためて、本書の主題である植民地時代に話を戻そう。ここまで読んできた朴泰遠の小説の世界は、人間の生きる日常に根ざした緻密な構築物であるという点で、植民地という社会をこえた普遍性を獲得していると言える。現代の、植民地という社会に生きたことのない読者であっても、朴泰遠の作りだした登場人物に共感し、感情移入し、自分を投影させて読み、楽しむことができる。本書でおこなった作品分析はそうした読書の楽しみに補助線を加える作業であり、それによって、作品が生まれた時代をも近しいものとして読者に感じていただけるよう目指したものである。

その時代とは「植民地近代」である。植民地近代は「新しさ」や「文明化」や「進歩」の外衣をまとって社会を変化させ、人々の日常を作りかえていった。植民地の「本国」である日本からやってくるそれらの変化は、植民地の「原住民」とされた人々、朝鮮人にとって、「本国」とは異なったものとして出現し、経験される。植民地期に書かれた朴泰遠の小説は、京城という固有の都市に根ざしながら、そのような変化する「日常がそれ自身の歴史を書く」［ハルトゥーニアン　二〇一一：五三］さまを見せてくれる。その歴史とは、わたし自身を含め、「本国」の側にいる現代の日本の読者にとって、親しみと馴染みのなさが入り混じった、もしかすると居心地の悪いものでもあるかもしれない。だがその居心地の悪さこそが、現代の日本の多くの人にとってすでに欠くことのできない日常の一部となった「韓国」という他者を理解する、知的な営みへと跳躍するための梃子ともなるはずである。

参考文献

〈本書に登場する朴泰遠の著作一覧〉
泊太苑（朴泰遠の変名）
一九三〇　「寂滅」『朝鮮日報』二月五日～三月一日。
朴泰遠
一九三三　「사흘굶은봄ㅅ달」（三日空き腹、春の月）『新東亞』四月号。
一九三三　「半年間」『東亞日報』六月一五日～八月二〇日。
一九三四　「小説家仇甫氏의一日」（小説家仇甫氏の一日）『朝鮮中央日報』八月一日―九月一九日。
一九三四　「딱한사람들」（あわれな人々）『中央』九月号。
一九三四　「創作餘錄――表現・描寫・技巧」（創作余録――表現・描写・技巧）『朝鮮中央日報』一二月一七～三一日。
一九三七　「聖誕祭」『女性』一〇月号。
一九三八　『川邊風景』（川辺の風景）博文書館。
一九三九　「골목안」（路地の奥）『文章』七月号。
一九四〇　「淫雨」『朝光』一〇月号。
一九四一　「偸盗」『朝光』一月号。
一九四一　「亞細亞의黎明」（亜細亜の黎明）『朝光』二月号。

一九四一「債家」『文章』四月号。

一九四二『軍國의어머니』(軍国の母) 朝光社。

一九四八『若山과義烈團』(若山と義烈団) 白楊堂。

一九八〇『金若山と義烈団――一九二〇年代における朝鮮独立運動とテロル』金容権 訳、皓星社。

二〇〇五『川辺の風景』牧瀬暁子訳、作品社。

二〇〇六「小説家仇甫氏の一日」山田佳子訳、大村益夫・布袋敏博編『短編小説集 小説家仇甫氏の一日ほか十三編』平凡社。

二〇一七―二〇一八 「かわいそうな人々」斎藤真理子訳、『中くらいの友だち――韓くに手帖』一―三。

〈日本語文献〉
井上雅人
二〇〇一『洋服と日本人――国民服というモード』廣済堂出版。
金哲
二〇一七『植民地の腹話術師たち――朝鮮の近代小説を読む』渡辺直紀訳、平凡社。
申明直
二〇〇五『幻想と絶望――漫文漫画で読み解く日本統治時代の京城』岸井紀子・古田富建訳、東洋経済新報社。
徐智瑛
二〇一六『京城のモダンガール――消費・労働・女性から見た植民地近代』姜信子・高橋梓訳、みすず書房。
橋谷弘
二〇〇四『帝国日本と植民地都市』吉川弘文館。
波田野節子・斎藤真理子・きむ ふな編著
二〇二〇『韓国文学を旅する六〇章』明石書店。
ハルトゥーニアン、ハリー
二〇一一『歴史の不穏――近代、文化的実践、日常生活という問題』樹本健訳、こぶし書房。
韓基亨
二〇一四「『法域』と『文域』――帝国内部における表現力の差異と植民地テクスト」高橋梓訳、紅野謙介ほか編『検閲の帝国――文化の統制と再生産』六七―八七頁、新曜社。

牧瀬暁子
　二〇〇五「解説　小説『川辺の風景』と作者朴泰遠」朴泰遠『川辺の風景』牧瀬暁子訳、四〇五―四二三頁、作品社。
李成市
　二〇〇四「朝鮮王朝の象徴空間と博物館」宮嶋博史ほか編『植民地近代の視座――朝鮮と日本』二七―四八頁、岩波書店。

〈韓国語文献〉
공제욱（コン・ジェウク）
　二〇〇六「의복통제와『국민』만들기」（衣服統制と「国民」の形成）정근식 편『식민지의 일상, 지배와 균열』一三五―一九二頁、문화과학사。
金建佑（キム・ゴヌ）
　二〇〇七「한성부 家契와 공인중개인 家儈에 관한 고찰」（漢城府の家契と公認仲介人家儈に関する考察）『古文書研究』三〇、一八九―二一三頁、한국고문서학회。
金東仁（キム・ドンイン）
　一九七六『金東仁全集』三中堂。
김미지（キム・ミジ）
　二〇一四『언어의 놀이, 서사의 실험――박태원의 문학 세계와 탈경계의 수사학』（言語の遊戯、語りの実験――朴泰遠の文学世界と脱境界の修辞学）소명출판。
金敏洙・河東鎬・高永根（キム・ミンス　ハ・ドンホ　コ・ヨングン）
　一九八六『歴代韓國文法大系』第一部第一五冊、塔出版社。
김백영（キム・ベギョン）
　二〇〇九『지배와 공간――식민지도시 경성과 제국 일본』（支配と空間――植民地都市京城と帝国日本）문학과지성사。
김상은（キム・サンウン）
　二〇一九「『조선오물소제령』실시 전후의 경성부 청소행정의 구성과 운영」（「朝鮮汚物掃除令」実施前後の京城府清掃行政の構成と運用）『도시연구』二一、七一―一〇一頁、도시사학회。
김윤식（キム・ユンシク）
　一九八九「고현학의 방법론――박태원을 중심으로」（考現学の方法論――朴泰遠を中心に）김윤식・정호웅『한국문학의

리얼리즘과 모더니즘』一二三—一四八頁、민음사。
박일영（パク・イリョン）
二〇一六『소설가 구보씨의 일생——경성 모던보이 박태원의 사생활』（小説家仇甫氏の一生——京城モダンボーイ朴泰遠の私生活）문학과지성사。
박헌호（パク・ホノ）
二〇〇六「매체로서의 근대소설과 내면의 서사——초기 단편을 중심으로」（メディアとしての近代小説と内面の語り——初期短篇を中心に）한기형 외『근대어・근대매체・근대문학——근대 매체와 근대 언어질서의 상관성』四三五—四六二頁、성균관대학교 출판부。
서호철（ソ・ホチョル）
二〇一六「서울의 똥오줌 수거체계의 형성과 변화——一八九〇년대 후반부터 一九三〇년대 전반까지」（ソウルの糞尿収集体系の形成と変化——一八九〇年代後半から一九三〇年代前半まで）『서울과 역사』九三、一七五—二二〇頁、서울역사편찬원。
孫禎睦（ソン・ジョンモク）
一九九六『日帝强占期　都市社會相研究』一志社。
이혜령（イ・ヘリョン）
二〇一二「식민자는 말해질 수 있는가——염상섭 소설 속 식민자의 환유들」（植民者は語られることができるか——廉想渉小説のなかの植民者の換喩）『大東文化研究』七八、三一七—三五三頁、성균관대학교 대동문화연구원。
전봉관（チョン・ボングァン）
二〇〇五『황금광시대』（黄金狂時代）살림출판사。
주영하（チュ・ヨンハ）
二〇一三『식탁 위의 한국사——메뉴로 본 二〇세기 한국 음식문화사』（食卓の上の韓国史——メニューから見た二〇世紀韓国の飲食文化史）휴머니스트。
천정환（チョン・ジョンファン）
二〇〇五「식민지 모더니즘의 성취와 운명——박태원의 단편소설」（植民地モダニズムの成就と運命——朴泰遠の短篇小説）천정환 책임편집『소설가 구보씨의 일일——박태원 단편선』四四七—四九二頁、문학과지성사。
최원식・강상희 외（チェ・ウォンシク　カン・サンヒ　ほか）

二〇〇九　『전환기、근대 문학의 모험――탄생 一〇〇주년 문학인 기념문학제 논문집 二〇〇九』（転換期、近代文学の冒険――生誕一〇〇周年文人記念文学祭論文集二〇〇九）민음사。

한국은행（韓国銀行）

n.d.　「한국은행 물가조사시스템」（韓国銀行物価調査システム）http://price.bok.or.kr:10000/pricSrvy/info/cyWth.do 二〇二一年七月一八日閲覧。

한기형（ハン・ギヒョン）

二〇一九　『식민지 문역――검열、이중출판시장、피식민자의 문장』（植民地の文域――検閲、二重出版市場、被植民者の文章）성균관대학교 출판부。

〈英語文献〉

Hanscom, Christopher P.

2013　*The Real Modern: Literary Modernism and the Crisis of Representation in Colonial Korea*. Cambridge (MA) and London: Harvard University Asia Center.

IMF

n.d.　IMF Exchange Rates（https://www.imf.org/external/np/fin/ert/GUI/Pages/CountryDataBase.aspx, retrieved on 18 July 2021）.

関連年表

1938 年	短篇集『小説家仇甫氏の一日』、長篇小説『川辺の風景』が単行本で刊。国家総動員法公布。第 3 次朝鮮教育令。学校での朝鮮語科目を随意科目に格下げ。国民精神総動員朝鮮連盟創立。
1939 年	長男誕生。「路地の奥」発表。第 2 短篇集『朴泰遠短篇集』に収録。ドイツのポーランド侵攻、第二次世界大戦開始。国民徴用令施行（日本）、朝鮮にも適用。
1940 年	創氏改名実施。敦岩町に家を購入、転居。日本内地で刊行された朝鮮文学選集に短篇数篇が日本語訳で紹介される。『東亜日報』、『朝鮮日報』廃刊。
1941 年	『新訳三国志』連載開始。「自画像」3 部作発表。日本、米国に宣戦布告。
1942 年	次男誕生。『軍国の母』刊。朝鮮語学会事件。学者ら 33 名検挙、懲役刑。
1945 年	日本がポツダム宣言を受諾。第二次世界大戦終結。日本による朝鮮植民地支配が終了、米国とソ連による朝鮮半島分断。朝鮮文学建設本部中央委員会委員に就任。
1946 年	朝鮮文学家同盟執行委員に就任。
1947 年	三女誕生。『若山と義烈団』刊。
1948 年	大韓民国と朝鮮民主主義人民共和国が建国。
1950 年	『完訳三国志』刊。朝鮮戦争開始。朝鮮文学家同盟の平壌視察団に参加。平壌で従軍作家として活動。後に弟妹と長女も北に渡るが、妻、息子らと南北離散。
1953 年	平壌文学大学教授に就任。朝鮮戦争休戦。金日成、朴憲永ら南朝鮮労働党勢力を粛清。
1956 年	再婚。歴史小説『甲午農民戦争』の構想開始。演劇『李舜臣将軍伝』上演。
1959 年	在日朝鮮人帰国事業の開始。
1964 年	韓国がベトナム戦争に派兵開始。
1965 年	『鶏鳴山川は明けくるか』刊。網膜炎により失明。日韓基本条約調印。
1968 年	脳出血により半身不随となる。
1972 年	7・2 南北共同声明。
1975 年	ベトナム戦争終結。
1976 年	2 度目の脳出血により全身付随、言語障害を患う。
1978 年	朝鮮民主主義人民共和国の国家勲章 1 級を受章。
1979 年	朴正熙・韓国大統領、暗殺。
1986 年	7 月 10 日、平壌で死去。『甲午農民戦争』全 3 部が妻との共作により完結。

関連年表

＊**太字**が朴泰遠に関するもの。

1875年	雲揚号事件（江華島事件）。日本が軍艦･雲揚を朝鮮に派遣､江華島の朝鮮水軍と交戦。
1876年	日本と朝鮮が日朝修好条規（江華島条約）に調印。
1894年	東学農民運動（甲午農民戦争）。政権腐敗に対し、東学党と農民が合流し反乱。甲午改革（〜1896年）。朝鮮王朝の内政近代化政策。日清戦争開始。
1895年	日本と清が下関条約に調印、日清戦争終結。日本による台湾割譲。乙未事変。日本勢力により明成皇后殺害。
1897年	朝鮮王朝が大韓帝国に国号改定。
1904年	日露戦争開始。第1次日韓協約。日本から韓国に財務、外務、警務顧問を派遣。
1905年	日本とロシアがポーツマス条約に調印、日露戦争終結。第2次日韓協約。日本が韓国に統監府を設置、韓国の外交権を剥奪。
1907年	第3次日韓協約。日本による韓国の内政監督権を確立。新聞紙法、保安法制定。
1909年	安重根がハルビンで初代韓国統監・伊藤博文を殺害。
1910年	**朴泰遠、生まれる。**大逆事件（日本）。韓国併合条約調印。
1914年	サラエボ事件、第一次世界大戦開始。
1917年	李光洙『無情』、朝鮮近代小説の嚆矢。
1919年	米大統領ウィルソン、「民族自決」演説。大韓帝国初代皇帝・高宗死去。東京で朝鮮人留学生が2・8独立宣言。朝鮮で3・1独立運動開始。ヴェルサイユ条約調印、第一次世界大戦終結。
1920年	『東亜日報』ほか朝鮮語民間新聞の創刊。雑誌『開闢』創刊。
1923年	関東大震災（日本）。
1925年	治安維持法施行（日本）､朝鮮にも適用。朝鮮プロレタリア芸術家同盟（カップ）結成。
1926年	大韓帝国最後の皇帝・純宗死去。6・10万歳運動。『開闢』廃刊処分。
1929年	**京城第一高等普通学校卒業。**光州学生運動。日本人学生による朝鮮人女学生への暴力に対する抗議運動が波及。
1930年	**東京の法政大学予科に入学。「寂滅」発表。**
1931年	**法政大学予科を中退し朝鮮に戻る。**第1次カップ検挙事件。満洲事変。
1932年	上海事変。
1933年	日本､国際連盟を脱退。**文学同人「九人会」に参加。「半年間」発表。**朝鮮語学会､「ハングル綴字法統一案」発表。
1934年	第2次カップ検挙事件。**「小説家仇甫氏の一日」発表。結婚。**
1935年	カップ解散。
1936年	**長女誕生。「川辺の風景」連載開始。**
1937年	**次女誕生。**日中戦争開始。「皇国臣民の誓詞」制定。

あとがき

本書の執筆をしながら時おり脳裏にちらついたのは、韓国留学中に暮らしていた部屋のことである。考試院《コシウォン》と呼ばれる形態の住居で、わたしが住んだのは4畳ほどの、ベッド、机、個人用シャワートイレでほとんど埋まってしまうような小さな部屋だった。本来、資格試験などの準備をする学生の臨時的な住居空間として発達したが、ソウルの住宅価格高騰の影響により、わたしのような留学生や専門学生も多く入居していた。床に書物や資料のコピーを積み上げ、小さなノートPCを開いて取り組んだ大学の課題や論文、狭い部屋で生活の友としたFMラジオ、そして考試院の共同キッチンで提供されていた手作りのパンチャン（惣菜）は、この本を書くうえでだいじな滋養分となった。

韓国留学中を含め、これまでの研究生活ではじつに多くの、良い出会いに恵まれてきた。留学先の成均館大学校東アジア学術院での授業は、いずれも非常に刺激的なものだった。とりわけ、受け入れ教授を引き受けてくださった李恵鈴《イヘリョン》先生と、寸暇を惜しまず面談に応じてくださった韓基亨《ハンギヒョン》先生には、たいへんお世話になった。学内外の自主研究会で同世代の大学院生、研究者たちと学び、酒を酌み交わすことができたのも、ほんとうに幸運だった。

朴泰遠の長男である朴一英《パクイリョン》先生、次男である朴再英《パクチェヨン》先生からも、直接お話をうかがう機会に恵まれた。特に朴再英先生は、留学準備で渡韓した折、ご自宅にまで招いてくださり、大量の資料を熱心に見せ、説明してくださった。おふたりのますますのご健勝を願う。

現在は研究を専業としていないわたしに、ブックレット執筆の機会をくださった松下幸之助記念志財団と松下幸之助国際スカラシップブックレット委員会の皆様、風響社の石井雅社長にも感謝を捧げたい。本書の執筆は時に苦しくもあったが、心地良い知的刺激と充足感を与えてくれた。最後に、本書が、いつも辛抱強く見守ってくれる家族への、いくばくかの恩返しになっていれば幸いである。

著者紹介
相川拓也（あいかわ　たくや）
1987年、甲府生まれ。東京大学大学院総合文化研究科博士課程満期退学。
一般財団法人日本エスペラント協会事務局長。
共著に、『言語態研究の現在』（山田広昭編、七月堂、2014年）、『한국 근대 문학과 동아시아 1——일본』（김재용・윤영실 엮음、소명출판、2017年）、翻訳に、権寧珉「李箱、そして1930年代の東京」（『朝鮮学報』246、2018年）、李恵鈴「社会主義運動とモダンガール：韓国近代長篇小説の様式のある秘密」（飯田祐子・中谷いずみ・笹尾佳代編著『女性と闘争：雑誌「女人芸術」と1930年前後の文化生産』青弓社、2019年）など。

朴泰遠を読む　「植民地で生きること」と朝鮮の近代経験

2021年10月15日　印刷
2021年10月25日　発行

著　者　相　川　拓　也
発行者　石　井　　雅
発行所　株式会社　風響社

東京都北区田端 4-14-9（〒 114-0014）
Tel 03（3828）9249　振替 00110-0-553554
印刷　モリモト印刷

ISBN978-4-89489-296-5　C0039